愿你
不遗余力

终有
未来可期

孙衍 著

北京时代华文书局

图书在版编目（CIP）数据

愿你不遗余力，终有未来可期 / 孙衍著 . -- 北京 : 北京时代华文书局，2020.8
ISBN 978-7-5699-3793-0

Ⅰ . ①愿… Ⅱ . ①孙… Ⅲ . ①散文集－中国－当代 Ⅳ . ① I267

中国版本图书馆 CIP 数据核字 (2020) 第 119913 号

愿你不遗余力，终有未来可期

YuanNi Buyiyuli ZhongYou Weilaikeqi

著　　者 | 孙　衍

出 版 人 | 陈　涛
策划编辑 | 高　磊
责任编辑 | 邢　楠　高　磊
责任校对 | 徐敏峰
封面设计 | 孙丽莉
封面插画 | 高雅琴
版式设计 | 王艾迪
责任印制 | 訾　敬

出版发行 | 北京时代华文书局 http://www.bjsdsj.com.cn
北京市东城区安定门外大街 136 号皇城国际大厦 A 座 8 楼
邮编：100011　电话：010－64267955　64267677
印　　刷 | 北京富诚彩色印刷有限公司　010－67583888
（如发现印装质量问题，请与印刷厂联系调换）
开　　本 | 880mm×1230mm　1/32　印　　张 | 7　字　　数 | 158 千字
版　　次 | 2020 年 9 月第 1 版　印　　次 | 2020 年 9 月第 1 次印刷
书　　号 | ISBN 978-7-5699-3793-0
定　　价 | 48.00 元

目 录

自 序　时间的海

时间就像个窃贼，总是偷走属于我们的最好年华。

前一阵子，我去了青岛，那个我时隔十七年再度前往的海滨城市。再次站在海边，看到海边的人们，我想，十七年，会有什么改变呢？

或许海是没有变的，海天一线的远方也是没有变的，变的只有我们。十七年，一个呱呱坠地的婴儿可以成长为翩翩少年，一个如风少年行将步入沉稳而行的中年。

2016年，我出版了人生中的第一本书——《愿你出走半生，归来仍是少年》，四年多过去了，恍如昨日。

少年，这个词已然远去，但为什么还常常有人提起，并反复追寻？

这几年流行很多种“力”，自制力、自控力、“男友力”，都是人们根据自身需要生发出的新词汇，由此有人想到了“少年力”。“少年力”到底是种什么力呢?

想搞清楚“少年力”，自然要搞清楚“少年”这个词。狭义上的“少年”自然是指正值青葱年华的翩翩少年郎，活力焕发，眼神干净，内心单纯，才华初绽。再加上白衣飘飘，眉间忧郁，这大概是人们对“少年”最美好的想象了吧。

而“少年力”却不仅仅是指少年，而是指人们在历尽千帆之后，仍然保持如少年内心般的那份纯净，不受世事纷扰，仍然保有初心。

很多读者问我“初心”是什么意思，那时候的我只是泛泛地回答，所谓的“初心”就是无论你走多远、走多久，都不会忘了为什么出发。

多么具有普适性和诗意的句子，当然听的人也是云里雾里，不知所云。现在，我突然觉得“少年力”这个词就能很好地代表“初心”。

我曾看到这样一句话：谁校对时间，谁就会突然衰老。

是啊，当你感叹时光易逝的时候，就向衰老迈进了一步。只有少年才不惧岁月长，才知道浪费的光阴也是成长的注脚，会是财富，会是勋章。

我已步入中年，但我感觉自己的青春才刚刚开始。

为什么这么说呢?一直以来，我都觉得自己活在黑暗中，不见天日。准确地说，是内心排斥阳光，哪怕知道阳光是明亮的、温暖的，是和煦的。

有很多年，我喜欢冬天，因为冬天白昼短，漫长的黑夜仿佛为我披上了一件隐形衣。特别是下班的时候，天早早就黑了，我可以避开同事，避开熟悉的面孔，穿行于陌生的街道，就像歌曲里唱的那样，“只爱陌生人”。我在冬天的夜色里疾行，哪怕风很大，雾霾很重，也并不妨碍我只身在夜色里自在如风。

我喜欢这种感觉。

生性内向的人，总是成熟得晚一些，总是要走更多的弯路，才会抵达想要去的地方。因为害怕，怕别人的目光，怕他人的议论，怕自己不够好。

后来，我爱上了夜跑。夜跑的路上，所有面孔都是模糊的，朦胧的灯光让我有一种被包裹起来的安全感。

我和所有的人擦身而过，又从不相识。夜跑让我有了独立思考的空间，让我与这个世界保持距离。不需要迎合，不需要寒暄，不需要虚情假意。全世界只有我自己，能听到自己的呼吸，可以告诉我自己内心深处的秘密。会撞见一棵美丽的花树，会邂逅一个好看的人，会听到季节的风声奏出的美妙和弦，我和他们相遇又错过，内心安宁。

我从一个城市离开，去往另一个城市，再去往下一个城市。这些年，我去过太多的地方，见过太多的人，学会适应不同的环境，学会与不同的人交谈，学会去抵抗这个年轻人的世界。

很多人以为我清高孤绝，不通人情世故，但没有人知道我是性格内向，不善言辞。在别人以为我拒人千里之外的同时，我又何尝没有付出巨大的代价。毕竟能懂的人寥寥无几，更多的人只会根据第一印象就盖棺定论。

我这样的人说好听点是反射弧太长，长到需要很长的时间才反应过来，“哦，原来是这样的”“原来也可以这样”“早知道这样就好了”。用难听一点的话说，就是反应迟钝，并不是每个人都会善意提醒，知音更不常有。所以，总是要比别人遭遇更多，才知前路险恶，才知明辨是非。

太多年了，我蜇伏得像一只虫子，但我也想化茧成蝶，可以飞翔，可以采集，可以打造自己的花房。时间并不会白白流逝，它会给我们留下太多的东西，只要不放弃自己，就像现在这本书，里面有一篇叫《做个寡言但心有一片海的人》，这句话，太像为我量身定做。寡言的人或许总是被人占了先机，那又如何呢？胸有丘壑，骨血里有江河，又何惧岁月洗练，自会等到枯木逢春的那一天。

总是希望世界和平，所有人都善良，勇敢的人有所得，沉默的人能自爱。不为别的，正为了让更多不爱说话的人、内向的人可以内省、可以观照，可以生活得更有力量。

PART 1

你要坚强地留在岁月的岸上

做一个不合时宜的人

某日，读蔡澜先生的一篇文章，题为《做一个不合时宜的人》，他说做一个不合时宜的人，是很过瘾的，其中滋味自己知道，旁人不会了解。

先是恍然，继而惊呼，我怕就是先生笔下那个不合时宜的人吧？只是从前的不合时宜，总是带来太多烦恼，而如今，倒是渐渐抛却了诸多无来由的矫饰，真的不在乎合不合时宜这件事了。

从小我就不太合群，小伙伴们在玩纸飞机的时候，我在想什么时候能够飞上天空；老师刚讲完课文下课，我就跑到办公室质问他是不是讲错了；同学们躲在树林里抽烟的时候，我想着会不会发生火灾；进入职场后，也总是不理解为什么要学会先做人后做事的道理。

不合时宜的人，总是被当作另类，甚至被称为孤僻、不合群。毕竟，不合时宜的人总是要吃些亏的，特别是年纪渐长以后，会发现当初的一些执拗的确在后来付出了惨痛的代价。就连当年退学的韩寒，也出来告诫年轻人不要向他学习。

有时候也很佩服那些合时宜的人，他们早早知道要什么，什么时候说什么话，做最有利于自己的决定，并为此付出百分百的努力。相反，那些不合时宜的人，总是要为自己的选择和坚持付出太多的艰辛和努力，甚至要放弃最初的梦想，回归到所谓的主流社群中去，哪怕已垂垂老矣，哪怕已心有余而力不足。

二十世纪六十年代初，有一部美国西部爱情电影叫《不合时宜的人》，是克拉克·盖博和玛丽莲·梦露主演的，据说是盖博的遗作，当然也是梦露的最后一部电影。用影评人的话说这是一部充满了死亡气息的电影，这部电影还未全部完成，两位红极一时的男女主演便相继离世。

电影讲述的就是一群不合时宜的人，他们放荡不羁，婚姻失败，职业遇到瓶颈，在生活的泥沼里苦苦挣扎。电影里有一场几个男人捕捉野马的戏，他们使出浑身解数，疯狂地想抓住那匹不羁的野马，其实真正想抓住的是失控自己。

结局很悲伤，他们的努力都以回归家庭、回归“正常”社会而告一段落。他们终究不想伤害任何人，那就只能是伤害自己。

电影里有一段台词：“是什么消除了你的光彩？”“是生活。”

生活真的会消磨人的光彩吗？这无可厚非。每一个坚持自我的人，都要多多少少付出一些代价。

有时候会想，为什么有人喝酒像喝水，有人开口就能长篇大论，为什么有人可以察言观色，一路顺风顺水，有人不露声色，拈花一笑。

只是，你也明白，你无法成为这样的人，也许他们很快成了主流，成了话语权的掌握者，但你也会渐渐明白，做自己会有另一种快乐。时间久了，你会发现，合时宜的人都是相似的，不合时宜的人各有各的不同。

我有一个在北京的朋友马克，早年是玩音乐的，在学校里就玩过摇滚，组过乐队。大学毕业后他进了国企，发现那种生活能一眼看到自己五十岁的样子，就不顾家人的反对跑到三里屯开了家酒吧。开酒吧最大的好处就是可以结识各色各样五湖四海汇聚到北京的音乐人，也就是在那里，马克认为自己必须是要走上音乐这条不归路了。

后来，他组了唱片公司，专门引进西方的摇滚唱片，也会适时打造国内的新人，有人劝他，这年头已经不是玩摇滚的最佳时机了，别往里砸冤枉钱。果然，很快他就亏得倾家荡产，连早些年开酒吧赚钱买的房子也抵押了出去。

经此一役，我们以为他因为穷困潦倒，要发奋图强，回头是岸了。没想到今年再见到他，他还在玩音乐，只不过玩得风生水起，人也精神头十足。原来，他将房子卖掉以后，坚持深耕，并找到了合适的投资人，很快新项目启动，越做越顺利。就像他说的，谁说玩摇滚就没出路了？在这片土地上，不能没有音乐，不能没有摇滚。

无独有偶，在南京我也有这样一个喜欢音乐的朋友。他以前是电台的DJ，在广播行业最不景气、需要靠夜间卖药节目为生时，毅然离开了最爱的主播工作，在体育馆旁边开了一家音乐酒吧。起初生意并不是很好，因为他喜欢老歌和摇滚，显然这两种音乐都有些不合时宜。

一度，他有些心灰意冷，他知道凭自己的个性，已经不可能再回到热爱的DJ行业了，但这条路要不要走下去，像有团迷雾罩在了他的面前。

渐渐地，他发现来酒吧消费的主要还是年轻人，他们既喜欢怀旧，也喜欢摇滚，在选曲上要注重年轻人的互动性。很快，生意好了起来。我们问他怎么会越做越好，他说，可能是因为自己真实，喜欢和年轻人打成一片，年轻人喜欢的，正好也是自己喜欢的，他甚至在这些年轻人身上找回了自己的青春与活力。

予人玫瑰，手留余香。当一个真实的人遇到一群同样真实的人，会发现自己的灵魂并不孤独。

电影《无问西东》里有一句话：“什么是真

实？是你看到什么，听到什么，做什么，和谁在一起，有一种从心灵深处满溢出来的不懊悔也不羞耻的平和喜悦。”

不合时宜没什么不好，起码真实，可以无愧我心，更不给人添麻烦。

真实，应该就是不管什么所谓的情商高低，愿意把自己暴露于他人面前，展现自己的喜怒哀乐。平和，应该就是不管什么所谓的利弊得失，在经历了一切酸甜苦辣之后，内心如湖水般平静。喜悦，应该就是不管什么所谓的世俗观念，明晰自己内心的得到与收获，随心随性体会生命的本能。

现实是什么样的不重要，拥有一颗真实的心超越现实才重要。

就像每一个小小的我，总是希望通过自己小小的努力，让这个大大的社会朝着自己所期望的方向发展。爱我所爱，行我所行，听从我心，无问西东。

像我这样极富幻想的浪漫主义的不合时宜的人，应该也是这个眼花缭乱的社会中的一丝点缀吧。

人到了一定年纪，在某些方面似乎已经定型了，没法彻底改变，或者说想修复的部分已经在慢慢地结疤，而无法修复的部分却成了身上的闪光点。有句话说得好，我不想变得更好了，我只想自然地活着。

张爱玲在《倾城之恋》里有一句经典的话：我们最怕的不是身处的环境怎样，遇见的人多么可耻，而是久而久之，我们已经无法与他们界定开了。

妄想所有的人都理解你，那你得多平凡啊。所以，从今天起，勇敢地做一个不合时宜的人，不畏将来，不念过去，不在乎他人口舌，活成自己想要的模样。

不做懦夫，也不做所谓的英雄

忙碌非常的初春，还是挤出时间和老友相聚，依旧是不变的火锅宴。对于我这种不喜烟酒又笨嘴拙舌的人来说，对此我倒是欣欣然，毕竟火锅可以起到调节气氛的作用。

坐定后，波说你们喝酒吧，我就不喝了。问其缘由，他说原先的湿疹还没好透，这会儿又犯了痛风。

波曾是我书里第一个出场的主人公，那时候他的湿疹刚刚在一位病友的帮助下有所好转，我们都为他高兴。毕竟波和我们一样，来自平民家庭，靠自己的努力一点点成为一家媒体公司的中层管理者，一度是我们学习的榜样。

火锅沸腾中，各人疲惫的脸色也有了好转。而我也一直装作开心的样子，几次想从口中说出一位好友刚刚去世的消息，都忍住了。

大家都这么辛苦，实在不想雪上加霜。

我想说的这位朋友，笔名叫冷海，就在昨天，他在微信和QQ空间留下绝笔信，与大家作最后的告别。在这之前，他没有为自己的轻生留下任何蛛丝马迹。甚至就在前几天，我们还有过比较长时间的交流。

那天，他突然找到我，并不是问自己的新书什么时候上市，我们有过长达八年的合作，早已默契到不用再问任何一个细节。他有些小心翼翼地问我，说自己手上还有一部书稿，是最后一部，让我帮他看看是否可以出版。

他的语气让我有些奇怪，紧接着他说自己得了癌症，如今已经晚期了。我说你开什么玩笑，书稿发过来，我们好好商量怎么做就好了。他说是真的，感谢我这些年对他的帮助，如果自己不能撑到最后一部书稿出版，会由家人代办相关手续。

我劝慰他，现在医疗水平这么高，不会有事的，一定要乐观。他说他已经有了足够的心理准备，会好好配合治疗。我匆匆将新的合同备好，并提醒他不要接触太多电子设备，我会随时留言给他，有空就看一下，要好好休息。

这些年，他相继出版了不少作品，很大一部分都是由我代理的。他写军事小说，最初发表在网络，后来得以出版成书，接着又从事剧本创作。前几年他还在泉州，突然在网上找我，问我借钱，当时我手头也紧，他很客气地说没关系。后来，他说自己到了长沙，签了一家影视公司，专职写剧本，收入比以前高也稳定。再后来，买房、结婚，他都会很家常地告诉我。我打心底里为他高兴，虽说写剧本压力也挺大，但不管怎样，总算是守得云开见月明了。

然而，就在昨天，我给他留言，问他合同能不能收到。他说在医院接受治疗，需要一个月的时间，合同会有人帮他收。说完这些，他的QQ空间里就跳出了那封诀别信，我以为他只是在为最后的日子做一个总结。谁知到了晚上，便从他身边的好友那里得知，他跳河自尽了。

原来，这些年来，他并没有像自己说的那样顺水顺风，而是一路走得都非常艰辛。他在各个城市奔波，最终在长沙安定下来，租房，写剧本，买房，生病，卖房，治病，走投无路，最终走到自决的地步。

听到这个消息，我浑身发冷，眼泪强忍着不敢流出来。他身边的好友在公众号上称他为猛士、硬汉，而我却想说，去他的猛士、硬汉，兄弟，下辈子做个平凡的人，哪怕过得差一点，也不要拿命去拼。

每天的每天，我们都要扮演各种各样的角色，要坚强，要奋斗。特别是年过三十之后，似乎每一天都像上了发条，不能有一丝松懈，因为别人都在拼，自己没有理由落下。

这几年，陆续听到有人说起，身边的朋友、

旧日的同窗病逝了、猝死了。大家都正值青壮年，从来都不会去想身体健康与否这件事，总认为自己还年轻，什么都能撑得住，此时不撑更待何时。只有当病魔袭来时，才会以宿命论的方式告慰自己，认为这一切都是命中注定。

要知道，凡事都有因果，当你过着日夜颠倒的生活，当你吃着并不规律的一日三餐，你烦躁、焦虑、茶饭不思，你都会觉得是自己做得还不够，一定还可以更努力一些。事实上，这个时候，病魔就已经找上门了。

奉劝那些看多了成功学的人，一定要好好珍惜自己的身体。不是每个人都可以幸运地成为金字塔顶层的人。我们大多数人，因为出身、教育、机缘等，并不能成为自己想要的样子，我们终究还是要落入凡尘，还是要按部就班地过寻常的日子。

过寻常日子有什么不好呢？只要在可以努力的地方，我们努力过了，就不算是懦夫。我们也不一定非要成为英雄、成为勇士，因为我们要清醒地认识到，很多时候，很多的东西不值得用生命去交换。

心气高的人怎么过好这一生

记得有一阵子特别流行一句话：听过许多道理，仍然过不好这一生。

这话很具普适性，很多人表示被这句话击中了。毕竟我们从小到大，都在听各种道理，在家里听父母的，在学校听老师的，到了工作单位听领导和职场前辈的。这些道理伴随着我们成长，也伴随着我们衰老，但是否有用倒是因人而异。

我听得最多的一句话是：你呀，就是心气儿太高。言下之意，你心气高却没有与之相匹配的本事，难怪你混得不好。中国人讲究个大环境思维，只要人群一扎堆，少不了议论谁长谁短，一个“混”字就是中国人成功学的总结。

事实上，好坏与否，与他人有何关系呢？但人活一张嘴，人言可畏，太多人因为左右的非议

而沦陷了。

心气高还有一种说法是自尊心太强。从小到大，我曾无数次被长辈师友批评自尊心太强，可能那时候还不太流行心气高这个词。

还在很小很小的时候，我因为内向自闭不爱说话，经常受到大人的奚落，又因为身材瘦弱，容易遭到同龄人的欺辱。那时候大人们并不懂，孩子也有自尊心，也需要鼓励才能健康成长。他们只是一厢情愿地认为男孩子需要打击、需要磨炼才能成才。

有一次去外公家拜年，大人们照例拿我开玩笑，说你要是跪下来给我磕个头就给你五十元压岁钱，那时候五十元对我来说是很大一笔钱了。但我没有，我倔强地转身离开。我听到后面大人们哄堂大笑的声音，还有议论说这孩子就是这样，自尊心太强了，这样会吃亏的，男子汉大丈夫能屈能伸。

他们永远不知道，自尊心在这种情况下会像翅膀，越长越硬，硬得可以撞破窗户玻璃，从这间屋子飞出去。

上学的时候，我的作文一直被作为典范，一度还被语文老师表扬思想已经达到三十岁年纪的深度。那时候不懂什么叫沾沾自喜，也不懂什么叫骄傲，但内心里却是多多少少有点窃喜的，这种窃喜是长久以来压抑的结果，是那种三棍子打不出一个闷屁来但终于出了口气的快感。

其中有个语文老师一直对我欣赏有加，还在黑板报上亲手抄写了我的作文。但有一次语文课上，我在课堂上直接指出老师对一篇古文里的某个词语解释有误。老师没有理会我，说教材上就是这么解释的，应该不会错。

下课后，我跑到老师的办公室与他理论，告诉他这个词的解释是从前的误读，现在已经纠正过来了，我们也要与时俱进改过来才是。语文老师十分果断地拒绝了我，说这么多年来他一直这样教的，怎么会错呢？

看上去是一件小事，但从此以后，语文老师对我的态度一落千丈，当然在那个年纪并不太懂为什么老师突然像变了个人，只是更多地以为是自己的问题。后来听舅舅说有一次这个老师在路上碰见他，说我心气太高了，特别容易骄傲，让他多提醒提醒我。

舅舅当然知道我是什么样的人，毕竟更小的时候，他也是让我下跪求压岁钱的人之一。他自然也知道我是不会理会这些谆谆教诲的。直到毕业后，舅舅偶尔跟我提起，说你还是要注意一下的，毕竟他们是老师。

当兵后，因为表现不错，经常得到首长们的嘉奖，也经常被选中参加各种集体活动，自然也会得到更多的荣誉。有一年队里新来了一位排长，同样的年轻气盛，可能他觉得自己需要表现一下，便觉得我的存在太碍眼了，经常有意无意地在众人面前贬损我。有一次，我实在忍受不了不公平的对待，没能压制住自己的脾气，结果自然是受到处分。

这样的事情经历得多了，便有些认命的意思了，觉得真是江山易改，本性难移。直到现在，我仍然能听到相似的劝告，大致是智者常低头，庸人才自扰。低头是一种智慧，雪松懂得低头，能够造就一片山坡的翠绿；海鸥懂得低头，可以忍受狂风暴雨的冲击。学会低头，懂得屈伸自如，生活会给我们意想不到的惊喜。

更有甚者，以情商高低来深度解读这种“不可理喻”的行为，但经历愈多，愈发觉得自己无法听从这些劝导，内心的坚持反而更加坚定了。

要不是自尊心强，得有多少不堪入目的黑历史啊，估计连自己都会唾弃自己吧；如若不是心气高，又怎么能撑到今天依然坚持自己想做的事情？我们都是平凡的人，恋爱失败，事业受挫，时光消磨，人际关系岌岌可危，若没有一点心气儿的话，怎么撑得下去？心气儿是藏在骨头里的茧，就算血肉模糊、面目全非，好歹能站得直直的，傲气不减半分。

这些年，锻炼身体，让自己不会像同龄人那样提前衰老；写书出书，让自己不至于提笔忘字；看展览看演出，让自己和年轻人一样拥有一颗跳动的心；做主持做嘉宾，积极地抵抗自卑带来的虚妄，从容面对所有值得欣赏的面孔。

这些都是心气儿给我带来的益处，没有人会比你更懂自己，也没有人会替你去完善自己。心气不是傲慢，也不是疏离，心气儿是心底的一口气，脊骨上的一根筋，是我们走在红尘里却卓尔不群的不二法门。

做个寡言但心有一片海的人

23岁那年，我就感觉自己老了。这种感觉让我猝不及防，人生充满危机感。

那年，我还在部队，瘦得像哈尔滨西大直街行道树上熬了一个冬天绽出的嫩芽。那些嫩芽很“狡猾”，每天夜里铆着劲儿长着，第二天一早就长出了一大截。但我似乎停止了生长，我每天缩着脖子趴在办公桌上眼巴巴看着那些嫩芽一点点变大、变绿，直到变成一根粗壮茂密的枝干。

夏天的时候，枝繁叶茂，绿荫垂地，我休了一次探亲假。吃完饭闲聊时，我妈毫无征兆地来了一句：已经有人上门提亲来了。

提亲？我对这个字眼感到既陌生又羞辱。

我是堂堂七尺男儿，怎么会有人上门提亲？

我妈不以为然，仍然不疾不徐地说：“是真

的，有人在路上碰见你爸，问你有没有谈恋爱，人家家里有个女儿，待字闺中，只要你点头应允，这事就成了。”

然后我妈边择着菜边笑，“算了，我知道你不会答应的。”语气里七分无奈，三分胁迫。

到了30岁的时候，我妈择菜时说了同样的话，“我知道你不会答应的。”语气里三分无奈，七分胁迫。

就在那一刻，我感觉自己老了，或者说将要老了。这种危机感时刻伴随着我，从23岁到33岁，一直到即将到来的43岁。

光阴似箭呐。

可我仍然活得像个没“长大”的孩子。我仍然没主见，懒得发表见解，后知后觉；仍然不喜欢参与群体游戏，不擅长辩论，更不想说话。

我是个不喜欢说话的人，这真的太糟糕了。很小的时候，我们的教育都是这样的：你看那谁谁谁口才多好，多吃得开；嘴大吃四方，嘴小窝里藏。

而你，金口难开。

这种话听得多了，慢慢从刺耳变得习惯，任何话听习惯了就变成了真理。事实上，这的确是真理，会说话，就跟会做事一样重要，没人会喜欢一个表达不清楚、言不由衷、欲辩忘言的人。

但我就这么活到了现在，像一个在路上丢失了真理的人，连回首都感到羞耻。

怎么办呢？改变不了就改善吧，我不是没尝试过，是能多说三句话，但难掩一脸尴尬啊。

我记得有很多次，去尝试做一个冲锋陷阵的人，但都因无法坚持太久卸甲而归。

刚入伍的时候，连队选拔普通话好的人做领唱，虽然我并没有像其他战友那样主动争取，但还是入选了，直到成为最后的胜利者。每天，我都吃大把大把的咽喉片，就为了第二天可以表现好一点。直到现在，我都怀疑那个站在台上领唱的人不是我，因为那不真实。

从学校到部队，几乎都因为“华丽的外表、认真的假象”而被选中参加各类知识竞赛，无一例外铩羽而归。因为太过紧张，无法清晰表达，甚至都耻于开口，更别说抢答环节了。

很多次，被邀请去做各种活动的嘉宾，做嘉宾总要发言的，哪怕寥寥几句，可每每临上台又都打起了退堂鼓，百般退缩求饶，硬是把一场热闹的活动搞得异常生分。

同样，在各个场合的饭局上，我总是谨小慎微地不发一言，怕一说多就露怯。眼看着别人推杯换盏，称兄道弟，热闹异常，自己坐在那里就像一尊冰冷的摆件。

我也尝试去过一些夜生活，想和热闹的人群打成一片，但几乎都做不到。还没到晚上十点，人们的兴奋点还刚刚被燃起，我就不合时宜地提

出要先回去休息了。

后来，干脆就“宅”着，能不出去就不出去，心由自己天地宽。心想索性就这样吧。后来都开始有人劝我放弃改变了，说这才是你啊，改了就不是你了。你听听，语重心长得比破罐子破摔还要像警世恒言。

谁不知道这是安慰，谁不懂无可救药的滋味？

年长后，就学会了自省，学会了反思，学会了把自己放在一个个圈子里做比对。到底是哪里出了问题。

就像学了很多半吊子的兴趣爱好，让人觉得无所不能且沾沾自喜，明明学艺不精又听得进说你们水瓶座就是这样的啊。水瓶座是怎样的呢？是你喜欢什么样就是什么样吧，是当下所谓的“佛系”，说随缘的人都是带着无可奈何的语气的。

这多自欺欺人啊，这种精神胜利法能掩盖一时的尴尬，却显然没法说服自己。

原生家庭的桎梏，养成的心气和性格，学业的断断续续，都形成了成年后自己的格局，这些东西在骨子里扎根、发芽，长成参天大树，任刀劈斧凿也无济于事。

我这样想的时候，就猛然发现自己开始成熟

了，这种醒觉让我感到惊喜，就像犯了一世糊涂，终于明白这世上没有糊涂药，但还是要走下去。

不能做个世间的精品，就做个自己人生长河里某个阶段的精品吧。不会巧妙地说话、不喜欢说话和不擅长说话，都似乎不重要了，谁不是醒时做梦，梦里却不愿醒来。

我的前一本书中写过一句话：做一个寡言但心中有一片海的人。很多人喜欢这句话，仅次于书名，我并不以为意，直到最近为了新书名想破头，我又想到了这句话。

时间不会替你安排任何东西，你说的话，走的路，和的局，识的人，才成就了现在的你。不辜负每一份热情，不讨好任何的冷漠。

无畏山河，不惧变老。

就算被庸常打败，也别轻易向生活摊牌

下班回家的时候，我总是喜欢穿过一些巷子，或者可以穿行的老小区。

一来可以抄近道，二来这些小巷子和小路都相对安静，远离市声的喧嚣，仿佛置身另一个不同的世界。

我就是在一个小区的角落里看到那几个糙老爷们儿的。

当时，他们有的赤膊，有的穿着短裤，有的留着长发戴着发箍，有的则是光着头。就是这样一群有些奇怪的半百老爷们儿，也就是我们现在时兴说的大叔，他们是如此与众不同。

着短裤的大叔在做蛙跳，从一头跳向另一头，再折回来，这样来来回回地跳着，永远没有停下来的意思；戴发箍的大叔在做伸展运动，这

旧天堂书店
EXLIBRIS
COB
拉
PULL

OLDHEAVEN BO

有点像瑜伽，他一只手抻着一条腿，另一只手从后面将另一条腿拉扯着，眼睛微闭，气定神闲；赤膊的大叔在拨弄着手中的录音机，这种录音机有点像广场舞大妈用的那种，极其简陋却声线清亮；只有那个光头大叔在配合着录音机里的曲子引吭高歌，竟然是帕瓦罗蒂的《我的太阳》。光头大叔穿着一袭紧身衣，下身穿着有点像20世纪80年代的喇叭裤，声音洪亮，脸上洋溢着自信的笑容。我当时被他们的举动吸引住了，一直站在那里看他们表演了很久才离开。

第二天，再次经过这里，他们还在那里，只不过那个调录音机的大叔没来；第三天，依然如此。他们就像小区里的一道风景线，虽然藏在角落里不起眼，却能瞬间抓住路人的视线。

记不得是前年还是大前年，差不多也是蔷薇将开未开之时，我路过一家破旧的理发店。理发店在一个斜坡上，距离这家理发店不远处还有一家装修一新的理发店。新理发店顾客盈门，这家破旧理发店门可罗雀。

我妈经常去那家新装修的理发店做头发，回来告诉我说那家旧理发店不是手艺不好，是因为里面太旧了，多少年了也没有更新一下设备，而且老板和老板娘也不太爱说话，客人自然就少了。

我妈的话倒是引起了我的好奇心，一对不爱招徕顾客的理发店主人，是怎样支撑这么多年的呢？所以，每次路过时，我便总是有意无意地朝里面窥探。

直到有一次，我看见空荡荡的理发店里支起了一副画架，是很专业的那种，上面铺着一张白纸。

向来对画画感兴趣的我走出去几十米远，又折了回来想看个究竟。

果然，穿着白大褂的男老板出现了，他的头发很长，显然是很少理，脸上也有些没清理掉的胡茬。他手上拿着一支画笔，正在画纸上勾勒。

我就站在店门不远处的一棵石榴树下，看着他一点点着墨点绛，很快，一幅花开富贵牡丹图就跃然纸上，栩栩如生。

我被这一幕惊呆了，迟迟不能移动脚步。

后来，只要经过这家理发店，我都会多逗留一会儿，看看老板又画了什么。有时候是一只大公鸡，有时候是一匹骏马，有时候又是一株掩在翠竹里的梅花。

老板画画的时候总是旁若无人，有客人经过时，他甚至都没有转过头来招呼。

我家附近有一小片平房区，大多是以前老百姓自己盖的平房，经过几次拆迁，已经所剩无几。

剩下的几幢后来被加盖成了二层楼房，细细长长的，隔成大大小小的房间，廉价租给那些外来务工者。

其中有一幢房子的老板是个奇瘦无比的中年汉子，每天骑着一辆改装的小型摩托车，风驰电掣。

我一直以为这个老板是个不学无术的人，至少也是个好吃懒做的人，凭着祖上传下来的这点家产过着天天混吃等死的日子。

他的形象也的确容易让人这样联想，瘦削的脸庞，深陷的眼窝，干瘪的身材，一看就是没有健康的生活习惯。

直到有一个炎夏的傍晚，我吃完饭出门散步，走到他家附近时，听到一阵悦耳的吉他声。驻足细听，竟然是宋冬野的《董小姐》，一阵吉他前奏过后，歌声也随之飘扬起来。

在那样的夏日夜晚，听到那样的歌声，让本来有些烦躁的心情瞬间宁静。

我拐过一道矮墙，看到前面的空地上放着一张小马扎凳，小凳上坐着的不是别人，正是那位廉租房老板。

他一边弹着吉他，一边轻声哼着歌儿，十分惬意。

回来后，我一直在想，他们真的是一种别有意思的存在呢。

和那些闲暇时大吃大喝、K歌泡吧的人相比，和那些放着扰民音响大喇叭的广场舞者相比，他们活得是那样优雅自在，又不影响到他人，甚至给他人带来美的享受。

是什么，让他们在这个浑浊的世界里，找到

一方宁静的天地，悦己娱人，甘之如饴。

若不是他们在年轻的时候，心里住进了一个文艺青年，怕是早被污浊的环境吞噬。

若不是他们时时用心中的文艺情怀去对抗，也早沦落在市侩小民的平凡日子里，不复往日的光彩。

遇见这些人，或许是一种机缘，更多的是一种幸运。他们像寂寞的山谷里，孤独盛放的水仙，就算无人欣赏，也傲然挺立。他们又像一面镜子，可以照进现实，照到十年后乃至更久之后的自己，就算世界再变，内心里的那点坚守，无论如何也要呵护着，像跌倒时也要扶正的礼帽，永远端正，永远清邈，永远隽永清雅。

一切都是最好的安排

向来和美食无缘，但生活又总少不了美食。美食是人际交往必不可少的手段之一。

认识Jason缘于他是个美食家，而他恰恰又是一个厌食症患者。你能想象这两个身份组合在一起是个什么奇妙的情况吗?

我们一见如故，相谈甚欢。也有可能是Jason善于言谈，总是能化解我不合时宜的尴尬。

Jason十九岁就去了以色列。那时候他什么都不懂，学了烹饪，很多同学都被分配到日本和英国去做大厨，而他去了以色列。

当时他什么也没有想，觉得只要是出国就是好的，到哪里不一样见世面呢?

Jason到了以色列才知道，这是个战乱中的国家，随时都面临被轰炸的危险。

这种惊险刺激的生活让他心怀感恩，觉得活着就好。

很快，Jason在以色列做得顺风顺水，很快拿到一千美金的月薪，这在当时可是天价薪酬。

回到国内，Jason一直没有离开餐饮行业，先是在老家开饭店，生意好的时候每天晚上数钱数到手软。

但也有不尽如人意的时候，Jason是乐观的人，他觉得自己只能做这个，坚持这条道，是不会错的。

2014年，Jason把餐厅开到了南京，择店址时，他没有选择主城，主城里太多餐饮精英了。他在江宁将军山的山脚下找了一块创意园的位置，开创起了无界美食的新天地。

认识Jason后，我隔三差五就会唤好友们去那里聚会。他自创了龙虾宴，各种摆盘的龙虾，让人大开眼界。

更让人开眼界的是他的食器收藏。这还是源于他在中东的“留学”生涯，让他早早见识到了其他国家的人对美食的点滴见解，特别是聪明的犹太人传达给他的智慧。

这些年，生意越做越好，也越来越忙，Jason行走世界的脚步却没有停下。他每年都要花几个月时间飞往世界各地。

除了体验那些地方的民俗风情，他也会注意收集各式各样的食器。每去一个地方，二手跳蚤市场都是他的必去之处，他经常和当地的人打成一片，询问那些奇怪的食器来自哪里，但常常因为语言不通而最终作罢。

Jason并不觉得沟通有什么困难，他总是手持着摄像机，记录自己的每一次旅行。回来剪辑成一个个小短片，短片里是他在跳蚤市场的每一次交易。而那些食器，据说有的来自皇室，有的来自民间，无一例外，这些食器都带有神秘的图案，背后总有一个不为人知的故事。

Jason相信这些食器会给自己带来好运，他将它们从世界各地背回南京，放到自己的办公室。他还在老家买了一幢房子，专门放置这些从全球各地背回来的食器。

他偏爱的食器大多是铜制和银制的，在他眼里，这些金属食器是古人喜欢的，古人的智慧总是令今人吃惊，他们享用的食器总是有各种各样的机关，如果不仔细看，不仔细想，往往会误会它们的功能。

Jason给我们展示铜壶、银匙，还有挂在墙上的锅铲和汤勺。这些器皿，在他的办公室里发着光芒，每个进到他办公室的人，都像进了一座博物馆。

上个月，他又去了缅甸，我们在朋友圈看到他拍摄的当地的风俗民情，羡慕不已。

后来才知道，他是跟餐饮业的好友们做了一个慈善组织，去给缅甸生

READ ME
READ
MARTINE FRANCK
ELLIOTT ERWITT'S
NEW YORK
OUTER BOROUGHS
NEW YORK BEYOND MANHATTAN
JOEL MEYEROWITZ
ROBERT FRANK IN AMERICA
STEPHEN SHORE
VENICE
JOEL MEYEROWITZ
WHERE I FIND MYSELF

Flower

Luming

活困难的人们烹饪美食。

做饭之前，Jason和大多数游客一样，对那里充满了好奇，哪怕那里荒蛮原始，连条像样的公路也没有，在Jason看来那也是一种美，而这种美在自己熟悉的土地上正日益减少并弥足珍贵。

到了做饭的时候，Jason才发现当地的缅甸人竟然连双鞋子都没有，都是赤足行走，衣服也是破旧不堪。可想而知，他们的生活过得定是捉襟见肘。

Jason给他们做完饭，和他们一起吃，看着当地人淳朴的目光，他感受到无比的欢乐，这是他这么多年游历发达国家时无法感受到的。这些人离我们是如此之近，却依然过着原始的生活。

Jason说，你无法不被他们触动，这是被上帝遗弃的人群，他们无从改变自己的命运，却又在那片土地上安静地繁衍生息。

Jason是真爱美食的，美食让他懂得怎样热爱生活，懂得不管付出再多的时间和精力，也要做出人们意想不到的珍馐。

那天，我们聊到深夜，谁也不提离去。我们也慨叹生活曾让我们灰头土脸、狼狈不堪，Jason也总会提到最初在以色列的日子，每天如履薄冰。

时光不负盛情，Jason总是会说一句话：一切都是最好的安排。他相信所有的相遇，都是有备而来，也相信所有的机遇，皆是有备无患。

PART 2

全身而退我不会，我等时间惭愧

我不是疏于悲伤，我只是习惯遗忘

有一阵子忙着换房子，每天跟着中介东走西窜，东奔西跑，比过年走亲访友还累。

我对这种日子早就疲倦了。

但有什么办法呢？现实总是比梦想残酷。人生到了某一个阶段，总要有一些变化。不然，你就会发现自己止步不前了。

我一直骄傲于自己有一段“北漂”经历，谈笑中好像这段经历并不带有任何悲伤，一切都是美好的，鼓楼、后海、南锣鼓巷、东四、三里屯，我用这些充满北京地域特色的标签贴在了自己的文字和画面里，向世界宣扬自己的热血征程。

可是，事实上真是这样吗？我一直闭口不提的是，我是被房东从四合院里赶出来的。那个我引以为豪的地方，哪怕是那样逼仄、冬寒暑热、四面通风。可我仍旧是欢喜的，我只要那方寸之地，可以看见四个角的天空就够了。

但房东不这样想，他说：有人出了更高的价格要租这间屋子，我也没有办法啊，总不能有钱不赚吧？

看着我一脸忧伤的样子，他并没有心慈手软，而是继续“补刀”：你们这些文艺青年啊，就知道情怀，情怀能当饭吃吗？

离开四合院，我突然有一种想逃离的感觉，不是仅仅逃离鼓楼，逃离二环，而是逃离北京。北京这么大，竟然没有我的容身之处。当时的我是这么想的，后来想想，当时的我是多么脆弱啊，仅为了一处容身之地就打起了退堂鼓。

我终究还是打点行囊离开了北京，哪怕有太多的不舍。我去了上海，好像离开北京，必须要去的就是上海，一线城市嘛，才是适合做梦的地方。

可我并不喜欢上海，和北京那种脏乱差也要蜗着的想法不同，哪怕上海窗明几净、交通便利，我还是没有办法喜欢上海。上海和家乡太像了，最多就是更繁华一些，更热闹一些，但没有我想要的东西。

我想要的是什么呢？我始终逃避这个问题，

又不得不面对这个问题。

后来，我发现了，在一次次的搬家中，我差不多找到了结果，我要的是：归宿感。

没有什么比一个十几岁就在外面漂泊的人更需要归宿感了，而这种归宿感里多少也带着些人情味。这个于上海来说是欠缺的，或者说于我来说是欠缺的。

记得在东北的日子，每次从南方回到东北，听到熟悉的“玉米碴子味儿”东北话，顿时就有了亲切感，哪怕出租车司机会不按规则漫天要价，哪怕车子开得东摇西晃，一路颠簸，但一想到很快就要回到自己的小窝，心就宁静了下来。

我是一个恋家的人，哪怕这个家是短暂的，总也有不舍的感情。

在上海，我从浦东住到浦西，从虹口住到杨浦再住到徐家汇。后来，我实在忍受不了这种漂泊的感觉，最终决定买房！

我从徐汇看房一直看到七宝，也始终没有定下来，因为房价太贵了，但就算我认为贵，迟一天价格还是会往上涨一点。

我终究是没有买到房。

我像个颠沛流离的拾荒者。我一直记得有次和几个同事去外滩，一位来自湖南的女同事指着浦东的高楼大厦说：上海再繁华，和我又有什么关系呢？

那一刻，我觉得她是哲学家。

几年之后，我回到南京，以为居有定所了，可以落叶归根了。事实上并不是，房地产浩浩荡荡地裹挟了每一个人。

北京上海尚且如此，南京自然也不能幸免。

每天的每天，都能听到周围的人谈论房子，好像不买上几套房子，人生就彻底输了。媒体也一直在风传什么格局已定、阶层固化之类的。所有的人都生活在恐慌之中，准确地说是生活在买房还是不买房的恐慌之中。

买了几套房的人，想着什么时候出手，如果出不了手，以后怎么办？毕竟媒体也在说中国已经将未来二三十年的房子都造好了，手上的房子很快就旧了，还没有“接盘侠”出现，会不会下跌？

没有买房的人和急于改善的人，又想着会不会再涨，什么时候会出现拐点，目前是高位了吧？一切都是不确定的，谁也没有答案，也没有人来告诉你答案。

当身边一套房子随随便便就卖到五百万时，你会发现这个世界真的变了。哪怕拿着几千元的月薪，身边的人也和你差不多，你仍然无法想象，为什么房价这么高了，还是有那么多人去买？什么时候才是个终结？

只要人类还在繁衍生息，任何事就没有终结。

当我发现对面楼里一幢房子，在五年之内已经换了三拨主人，还有什么比这更糟糕的事情呢？他们到底在干什么？他们是活得越来越好，还是像一只蝼蚁只是换了一个洞穴？

幸好，我们还有所谓的“情怀”，可以看书，可以听音乐，可以在无声的夜里看有声的电影。可以看花看草，养猫养狗，听风，听雨，听树叶在风中沙沙作响。

和好友聚在一起互相“吐槽”的时候，总免不了说一句：要不是内心真的热爱，谁还会去做文字工作？

写字和画画一样，和所有一切的艺术形式一样，都是可以抵御这个世界污浊的逆流，可以让我们时时刻刻记得，哪怕世俗将我们一次次逼上绝路，我们依然可以面朝阳光，笑出花开的样子。

如果可以，我愿意写给你看，读给你听；如果可以，我们可以像一杯茶，喝到无味，足见初心。

从来不需要想起，永远也不会忘记

聊天真是件奇妙的事情，经常无意间会聊起某个人，而这个人又正好在你的记忆中消失了很久。那一瞬间的打捞很让人振奋，就像街角的咖啡店，就像在街角的咖啡店里遇见了初恋，就像在街角的咖啡店里初恋向你投来的和你一样的目光。

总之，聊天是个好东西，哪怕我并不是那么喜欢聊天。但因为一些聊天，让我想起被记忆埋葬的某个人，或者某件事，还是挺让人欣喜的。这种欣喜能让我整个下午都神采奕奕，甚至和我聊天的人都会从我的目光中看到希望，看到期待，看到一个个鲜活的人和故事。就像某个春天，某个人在南海边画了一个圈那般神奇。

我就是在一次聊天中说起郭昊的。当时郭昊写了一篇文章，发表在朋友的副刊上。朋友说，有个叫郭昊的文章写得真不错，我说是啊是啊，他当年可是部队里有名的笔杆子。我们像聊起一个共同的朋友一样，随意、自然、亲切，氛围友好。

郭昊是我的战友，严格地说是一个从未谋面的战友。我们是通过当年的一个军队的文学网站认识的，那个文学网站有点类似于那时的榕树下。那时候，颇有点文学爱好的战友都喜欢在上面舞文弄墨，我们就是在那里相识，并拥有了战友层面之外的一种友谊。

当然也有可能我们并不是在那里认识的，因为记忆会像梦一样，让人产生误解，比如我无数次对人说起自己在军队做过领唱的事情。每当我说起这件事，并仰起下巴洋洋自得的时候，总能收获一片嘘声，人们纷纷说，啧啧，你说话那么小声，连KTV大门都不知道在哪的人，你领唱？除非我们相信公鸡会下蛋。

我没法证明公鸡会下蛋，但我能说话能辩解，这是公鸡做不到的。我说我真的做过领唱，站在一溜队伍的前面，引吭高歌那首著名的《小白杨》。那会儿为了让自己的嗓门变大、变粗、变得嘹亮，我每天都大把大把地嚼金嗓子喉片，我们军人服务社的所有喉片全让我给买回来了，以致后来看到喉片就想吐。那段时间，我俨然像个靠嗓子吃饭的人了，像模像样地吃着喉片，像模像样地练着歌。对，我像只公鸡一样，每天扯着嗓子，高亢地唱着那首《小白杨》，直到有一天站在舞台的中央。

虽然我一遍遍地讲述事情的经过，回忆着当年的盛况，但并没有人太当回事，唯一能让他们相信的可能，就是此时此刻我站在他们面前重温那首《小白杨》。显然我没法再扯起嗓子唱那首《小白杨》，只好像小绵羊一样说那也可能是一场梦，因为连我自己都恍惚，那到底是不是真的。

所以，记忆是会骗人的。

所以，当我和朋友聊到郭昊的时候，朋友非常惊讶地说，你怎么会认识他？我轻描淡写地说我和他是战友啊。朋友说你不是在北方当兵吗，怎么会有南京的战友。

我很想说天下战友是一家嘛。但我没有说，因为我自己也想知道我是怎么认识郭昊的。郭昊这个名字太普通了，就像每个人的中学时代都有一个叫梅的女同学，我们的学生时代也都有一个叫郭昊的男同学。他们都是有故事的同学，但这些故事因为太过久远，就再也想不起来了。

但我非常努力、十分认真、异常刻苦地回忆起自己是怎么认识郭昊的，以至于朋友说你今天怎么这么闲啊。既然都说到这个分儿上了，我一定会不遗余力地去思考、去挖掘、去追索，直到在记忆的深海里找到郭昊这个关键词，并具体化、人像化、动态化。

终于，我一拍脑袋，我说我想起来了。朋友说你还真是交友甚广。我说我们真是战友，虽然不在一个地方，但我们有网络呀，千里网络一线牵，万里也能结姻缘。我们是在网上认识的，我们是战友，也是网友。

朋友说，你们那会儿不是交笔友吗，怎么还网上认识的？我说交笔友是20世纪的事情，准确地说我们是在一个军队的文学网站结识，又在一个军转群里熟识的。那时候我在闹转业，郭昊也是，但不同之处在于，我是闹着要出来，他是闹着不要出来。

朋友说，你们部队的事情还真复杂，你说你俩相同的背景，完全不一样的人生。

我说可不吗？我是真的待腻了，每天过着三点一线退休老人般的生活，但我只有二十几岁的年纪啊，我就一心想着出来闯荡社会，看看花花世界。我每天都去首长办公室闹，我觉得我就是秋菊、李雪莲，我就是要讨个说法。

后来我发现郭昊才是秋菊，才是李雪莲。因为他喜欢部队，热爱部队，他把部队当成了家，他觉得是部队成就了他，他的笔下都是壮志凌云、铁马冰河、万里长城永不倒。

但是有一年，他在一次演习中摔断了腿。他说人倒霉的时候喝水都会塞牙，他说那么多人，偏偏他摔断了腿。他也知道演习都有伤亡概率，但这微乎其微的概率怎么偏偏让他撞上了？

朋友说，你怎么记得这么清楚？连对话你都记得？

我说这不是被你勾起了回忆吗？就慢慢想起来了。那时候他报了工伤，想在部队把伤腿慢慢治好。但部队不能留他，他不能理解，他那么热爱部队，他是打算献身国防一辈子的，但现在部队不要他了，要半路丢弃他了。他怎么也想不通，不是掉血掉肉不掉队吗？不是团结就是力量吗？不是一二三四像首歌吗？怎么说不要就不要了呢？

他就像秋菊和李雪莲一样，也要去讨个说法，他跑了很多地方，从股长到处长再到科长，从他们部队到上级部队，他花了不少钱，也找了很多关系，但没有用。军令如山，在任何时刻都是行之有效的。他妥协了，服从了，他说他是军人啊，面对一纸军令，他只能服从，他要站好最后一班岗，写好最后一篇报道文章。

那年的冬天，我在北京猫在没有暖气的被窝里写小说，郭昊在南京同样没有暖气的房间里写报道。那是他做部队报道员的最后一个冬天了，那个冬天异常寒冷，他异常珍惜，珍惜每一天每一分每一秒。他说，连每天军号响几次响几声都记下来了，在这之前，他从来没有关注过军号。一直以来，军号就像闹钟一样，是一个烦人的存在，让人躁狂，令人生厌。但在那个冬天，却一下子变得温柔起来，变得像一首动听的音乐，怎么听也听不够。

那年，我们都发表了很多文章，我们互相鼓励着，像两只在汪洋里漂泊的船，我们互相鼓舞着，将各自的帆扬得高高的，却从不去想靠岸的事情。

那年春节一过，我们都要面临离开部队的现实。我说我打算“北漂”，做一个真正的文学青年，郭昊说他要参加公务员考试。他的腿伤一直没有好，而且好像会留下后遗症，他没办法再去折腾了。

郭昊真的转业了，他被通知考试，也被通知很可能去郊区的某个街道任职。

他不是在人社局吗？不在街道。朋友打断我。

我说我知道，当初计划安排是去街道，但后来他觉得自己没办法处理那些鸡零狗碎、鸡毛蒜皮的事情，就托了关系去了人社局。

朋友说，你知道得也太多了吧。一个素未谋面的人怎么会告诉你这么多？

我说，我也奇怪为什么我对一个从来没见过面的人了解这么多。但人生就是这样，你在一生中会遇见很多人，有些人天天都能遇见，却几乎不会说什么话，但有些人你从来没见过，却像说了一辈子的话。

朋友说，原来郭昊有这么多故事呢。我说他只是军人的一个缩影，类似的故事多着呢。这些故事伴着军号的响起而发生，再伴着最后一声军号的尾音而暂停。这些故事日出而生，日落而灭，似曾相识，却又不尽相同。

然后，我们就聊了许多往事，我惊讶于自己的脑容量，竟然可以把那些已经忘得一干二净的人和事再次打捞起来，并像熟稔的朋友和亲人一样，记得他们的每一个表情、每一句对话、每一个细节。

有那么一刻，我会想，他们是不是也会在某个聊天中想起我，想起我的愚钝、我的天真、我的寡淡、我的慢热、我的不入世、我的不随波逐流。

想到这些，我不禁面红耳热起来。

今晚，我不能成为你的朋友

有一期《金星秀》，金星说和孟非在一次饭局上吃饭，本来聊得挺拘谨的，后来说到大家最讨厌的主持人时，竟然异口同声地说出了同一个名字。因为都是同行的原因，也可能是顾及各自的面子，金星并没有把这个主持人的特征说出来，所以网络上众说纷纭，有说是乐嘉的，有说是周立波的，也有说是湖南卫视某著名主持人的。其实他们都只是胡乱猜测而已。

依稀记得几年前的一个晚上，黄菡老师与我们共进晚餐，席间问孟非有没有空过来。结果，电话打通后，孟非很爽快地答应马上过来。当时，他刚录完节目，一副风尘仆仆的样子，一进来就与我们寒暄握手。坐定后，本来有些拘谨的场面顿时热闹起来。就在那天，孟非提起那件事，当时的《非诚勿扰》正如日中天，他说自己那天去北京开会，路遇某卫视主持人，那主持人体型肥硕，眯眯眼，见到孟非后就是称兄道弟，一顿猛夸，说节目办得好受观众欢迎之类的。到北京后，由于是分组会议，他们被分在相邻的两个会议室。会后，孟非听朋友说，这位主持人在隔壁的会议室大力批判孟非主持的节目低俗，怎么能容忍这样的节目继续播下去，等等。孟非一时语塞，不承想那主持人看上去慈眉善目，却人前人后两副面孔。

那次会议后，孟非主持的节目拿了大奖，得到褒奖。不知道坐在台下的那位主持人作何想，是不是会感叹“世风日下”“人心不古”？！这次，孟非再度对金星提起，必是对此事耿耿于怀。孟非说过，其实并不介意任何人对节目提出建议和意见，但作为国内同样知名的主持人，这样在背后指摘当面又夸赞的做人方式，实在令人费解。金星用“小人”来诠释这种人，倒也不算过分。

我们一生中哪能不遇见小人呢？上学的时候，怕那种给老师打小报告的；工作了，又总能遇见那种给人穿小鞋的；就算你走在路上，也不时会遇见给你车胎放气的，开车别道的。这样的例子太多了。记得刚当兵那会儿，被分到连队做文书。那时候，能在一群新兵蛋子中脱颖而出，当上连队的文书是一件非常值得骄傲的事。与我住在一个宿舍的还有一位同年当兵的老乡，他本来有机会做文书的，但因为我的出现，他只能做上传下达的通信员。

这位老乡有点小机灵，眼睛溜溜转的那种。用北方人的话来说，就是很会来事儿。隔三差五上街给领导买日用品，也会时常叫家里人买礼品过来送给领导。生活上更不用说了，他会每天起早贪黑帮连队干部打好洗脸水、洗脚水，牙刷上的牙膏也挤好放到刷牙缸上。

虽然说这些在部队的传统习惯里，都是一个新兵应该做的。但他那种争先恐后怕被人抢走活儿的样子，还是令很多战友不满。而我生性清高孤傲，从不与他争抢这些，专心致志地做我的本职工作。幸好，连队干部非常信任我，视我为可造之才，经常劝我多读书，好以后考取不错的军校。

很快，连队换了一个指导员，那个指导员只有初中文化，军事素养也很一般。向他汇报工作的时候，经常无法正常沟通。而这一点恰恰正中老乡的下怀，每天，他都将指导员的生活起居照顾得无微不至，而指导员也是挺享受这些的人，乐在其中。

那时候，我已经开始向一些报纸杂志投稿了，那时候的杂志在登载了稿子之后都会把作者的联系方式附上，就像现在写文章的人喜欢将自己的公众号附上一样。因此，我经常能收到来自全国各地的信件，有男生来讨教写作的方法的，也有女生表达敬慕之心的。由此，我也结交了一些不错的笔友，经常书信往来。

一直对我抱有戒心和妒意的老乡，便趁我有次请假离营为连队办事的当儿，向指导员汇报了我的种种“越线行径”，那天我回来得晚，正好中了他的下怀。指导员把我叫到办公室，狠狠地批评了一顿，说我已经违反了部队的多项规定，一再地越雷池，问我知不知道这样会受到严厉的惩罚。

我丈二和尚摸不着头脑，也不知道自己犯了什么错。为连队的公务跑了一天，累得筋疲力尽，回来被这样训了一顿，我非常委屈，只好用质疑的语气向指导员发问：我到底犯了什么错误，让您如此大发雷霆？我又到底哪个行为触犯到了部队的规定，让您大动干戈？我交笔友是真，但我交的都是文友，有据可查，中间并没有哪位领导找我谈话说这是不可以的，是违反规定的，现在突然这么对待我，我接受不了。结果，指导员无言以对，只好说你回去反思吧。

回到宿舍，许是老乡觉察到了我身上的火药味，虽然灯已经熄了，但我能感觉到他在床上辗转反侧。面对这位平时以哥们兄弟老乡自居的战友，想起他平时一副谄媚的面孔，我对他说，你记住了，我从没有做过对不起你的事，你这样对我，我不会原谅你。今晚，我不是你的朋友，以后也很难讲，你好自为之。

几年之后，我已经在上级机关工作，那位老乡没有与我联系过，听说第二年就复员回家了。而那位本应体察官兵情绪，做好战士思想工作的指导员也很快因为业务素质差，带兵无方转业到了地方，这样的人无论到了哪里也会是害群之马吧。

时过境迁，重新想起这件事时，只会觉得那是小孩子们过家家般的游戏，谁没有因为一件事而争名夺利过呢？谁又不曾因为自己的处境而将某些利害强加于人呢？只不过，“小人”终究是“小人”，因为心胸狭窄，便容不得别人一时一刻占了上风。“小人”也没有年龄大小之分，没有职务之分，更没有学历和见识高低之分。我们对待“小人”或许没有太多的办法，因为他们不会因为你的善意而有所改变，我们能做的就是敬而远之，最好老死不相往来。

谁不曾有过一段失和的青春

那年初夏发生了很多事情，但没有一件事比血案更可怕。在这样一个戒备森严的地方，竟然会出现持刀伤人案件，这是始料未及的。那段日子，所有的人都陷入了一种莫名的恐惧和悲伤之中，情绪有时候就像毒药，无限蔓延，可以渗透到每一个角落和每一根神经。

看似一切都如常，但有些东西就是不一样了。我们仍然会在偌大的水房赤诚相见，只是凉水从头上浇下来的那一刻真的感觉到冷，一种超乎寻常的冷；我们仍然会三五成群聚集在器械场上，像一只只鸟一样用脚勾住双杠的一端，蹲在那里呆呆地望着漆黑的夜空，不会再像从前那样八卦院外的妹子思念家乡的风景。

只有下课后，我和宏伟还有左辉几个依旧会

坐到院墙的一处残破处，那里因为坍塌，早已形成一个半圆形的缺口，我们就坐在那处凹槽里，下面是不远处工厂里流出来的工业废水。左辉说，你们看，下面这沟多臭啊，我们还一起下去清理过，你说有什么深仇大恨，非要动刀子。

宏伟生得人高马大，却心思细腻，他仰头看着前面的小山坡，其实那里是一个小公园，公园里有座小山头，我们经常在那里负重晨练。他就这样一直迎着下沉的夕阳，硬是把课间十分钟给沉默下去了。

血案的发生虽然可以用积怨已久来做注解，但每天除了吃饭、上课、训练、睡觉之外，能有什么过节要如此凶蛮？我们谁也无法知道答案，或许唯一可以解释的是因为大家都还年轻，都还冲动急躁。

最糟糕的是，就在此血案发生之前，另一个中队一位被查战友入伍前已经有案底，曾经杀过人，只不过通过各种关系，瞒天过海，闯过各种关卡而到了部队，并表现得异常积极。在很长的一段时间，都可以用标兵来形容他。

但人的凶悍是骨子里的，总会在某一天某一个特定的时刻爆发出来。因为血案，学员队里进行了有史以来最严厉的整顿，向来喜欢逗趣的天津籍队长也表现得严肃起来，他总是拧着眉头，从我们身边经过时，会用怀疑和质疑的眼光斜睨着我们，好像我们每个人都有犯罪的嫌疑。而我们也真的像犯过错的孩子，一个个像躲瘟神一样，看见他就以百米冲刺的速度闪进每一间可以藏身的房间。

当然那两名肇事者难辞其咎，很快便受到了处罚，当然因为保密的原因，我们并不知道最终处罚的结果是什么。毕竟这事可大可小，大是因为在军营这种地方竟然可以用刀子伤人，小当然是没有出现较大的人员伤亡。

那两名肇事者因为这件事，从此变得忧心忡忡，每次抬头看人的眼神都充满了闪躲，比我们躲队长时更多了一份胆怯和犹疑。说到底，大家都太年轻，冲动和冷静时便判若两人。

时间还是会匆匆忙忙赶路，从来不会因为我们的情绪而压抑得停下来。直到暑假，我们终于可以用一个冠冕堂皇的理由各自散去，回到五湖四海的家里，回到我们最初的孩子模样，那里没有纷争，没有血案，只有唠叨。

回营的路上，已是八月底，北方已经有了初秋的意象，火车慢悠悠地越过一个又一个村庄，越过一个又一个森林，然后城市、田野、玉米地。

火车过了山海关，在一个小站上停靠后上来一个红牌学员，他朝我走来的时候很是眼熟，打完招呼才发现他是我们楼下的师兄。我记得他曾经以单杠360度大回环而震惊过整个大队，记得他在主席台上受领奖章时威风的样子，记得他在文艺联欢会上表演过少林拳术。

他坐在那里，没有我想象得活跃，相反，他安静得像一幅油画，印着窗外松辽平原无边无际的玉米地。我跟他提起队里发生的血案，他表现得非常淡然，非但没有就此问题探讨下去，反而给我讲起了他自己的故事。

原来他出身于一个相对富有的家庭，父亲在20世纪90年代初下海经商，赚得第一桶金后，办了几家公司，母亲是一家国企的副总，可以说他是在蜜罐里长大的。偏偏他从小爱舞枪弄棒，没少闯祸，家人万般无奈，也顾不上培养他做接班人，将他送到了部队。到部队后，他仍然喜欢打架斗殴，出门打出租车不给钱，休假时去职业学校约会漂亮女孩，屡屡受到上级的警告和训示。直到有一次，友邻部队出现了一起抢枪事件，所有人的神经都绷紧了起来，只有他还是一副玩世不恭的样子。

事情总是这么凑巧，歹徒因为得逞且没有留下任何线索，便得意忘形起来，在一天深夜潜入他们营区。那天正好是他值勤，歹徒突然出现的时候，他猝不及防，差点被歹徒从身后掀倒，手中的枪也差点被抢了去。幸好他学过几招少林拳术，且常动拳脚，反应又灵敏，就在歹徒快将他掀翻之际，他一个侧身朝一旁跃去，翻了个滚，将枪托抡起向歹徒扑去，歹徒在他雷雨般的攻势下败下阵来，很快，巡逻的纠察赶到，将歹徒制服。他也因此成了大队的英雄，年底被评为优秀学员。无数的荣誉加身，让他备感骄傲，从前闯过的祸和所受的警告倒让他脸红起来。他说，人都难免犯错的，但总得有醒过来的那一天，或许，那一天很快就到来了。

回到大队，我们便接到了要进行阅兵的指示。为了配合北京的阅兵式，大队也要举行类似的阅兵活动。其中几个中队都已经在挑选人员进行方阵训练了，我们中队自然也不例外。队长用末位淘汰的方式先练了一遍我们的正步走，这在阅兵式上是最重要的一环。

眼看着有人要被刷下来了，不免有些感伤。毕竟这是一次难得的机会，可以尽情展示集体甚至个人的军姿，可以为集体和个人获得荣誉，并在自己的档案上添上浓墨重彩的一笔。

队长剔除掉一些个头不匹配、队列动作相对不那么标准的战友，将精心挑选下来的人排列组合，很快便形成一支前后左右看上去都非常严整的方队。我们看到，那两名肇事者赫然在列，而且很诡异地被安排在了一

Get out
More

起，也就是方队的最前面中央的位置，作为排头兵，他们的任务除了要和身后的方队动作保持一致外，还要在经过主席台前喊出响亮的口号，并带领大家面部呈45度角望向主席台，并敬礼踢出正步。

当我们身上的皮肤因为烈日炙烤褪去最黑的那一层，当我们衬衫上因为汗渍累积的盐花掉光，当我们的喉咙开始沙哑，也终于迎来了阅兵的日子。

十月一日清晨，整个大队都被红旗映得光彩夺目，当时的大队长像极了任达华，作为我们的“男神”，这次没有像以前一样穿西装和风衣，而是一身戎装站在了主席台上，观礼台上则是市里的领导和学校的教师。当我们的方队行进到主席时，那两个肇事者同时喊出“向右看，一，二”，然后，大家齐刷刷地摆臂，踢出正步。当整个方队“嚓嚓嚓”地行过主席台，观礼台上的队长早已红了眼眶。

那一年发生了很多事情，美国轰炸中国驻南联盟大使馆，导致三名中国公民遇难；澳门即将回归祖国怀抱。但都没有那次阅兵来得让我们感怀，那天阅兵后，大家又聚集在残破的墙垛上小叙，一边回味着电视上刚刚直播过的国庆天安门大阅兵，一边说着如果自己也能参加该有多好。我们分明看到墙下的人群中多了两个人，是那两个肇事者在互相打闹，有相逢一笑泯恩仇的快意。

人生有很多遗憾，但更多的是憧憬。因为，这些关键词注定是属于青春的，也只有青春才不会被辜负。

那些意外，是我们重生的开始

有那么几年，每逢暑假，远在安徽的姑父都会过来接我。我一直不明白他为什么要这样风雨无阻，在我年幼的时候甚至嫌弃他的到来。他身上破旧的衣服，黏糊糊湿答答的汗味，还有他头上那顶漏风的草帽，都让我觉得无法靠近。

每次他来，都兴冲冲地，好像抬着大轿来的，好像我这么隆重了，你还有什么好挑剔的。我执拗着不肯跟着去，大些的时候我都开始用言语侮辱人身攻击了，比如，他们家的菜有一股抹布味，他们家地上都是鸡屎，他们家后面的池塘每天都有臭味，诸如此类，好像是去坐牢而不是做客。

我都这样无理取闹了，姑父仍然乐此不疲，一脸的虔诚，好像不把我求回家就会有灾难降临似的。

直到有一天，母亲跟我提起一件事，是关于姑父的。她说你还记得姑父家有个小伙伴吗？跟你差不多大。我摇摇头。母亲说，你大概忘了，你姑父以前有个儿子，跟你一样大，你们一直在一起玩的。

听到这话，我差点跌坐在地上。就好像之前的日子都白活了，好像人生就这样被轻易改写了。因为在我的记忆中并没有这样一个男孩，与我一般大，还和我有过一段童真无邪的友情。

母亲说，你仔细想想，是不是你们经常去江边玩？他就是后来在江边玩耍掉到了江里，淹死了。同时，母亲还不忘夹带一个刚考上名校的毕业生暑假去江边玩，也落水身亡了的消息，意思是你少给我去江边玩。

我突然明白，姑父为什么一直对我视如己出，一直希望我能在他家多待一段日子，哪怕一天、一个小时、一秒钟，哪怕我总是满口抱怨和不情愿，他仍然没有一丝一毫不耐烦。在他的心里，一定是因为我的到来，让他空缺的心底有所慰藉。如果那个还活着的男孩也如此任性，他也会这样温柔相待吧。

这是我人生中听到的第一个关于意外死亡的故事，且与我息息相关，又好像无关。就算我漠然漠视漠不关心，但每当夏天来临，我都会成为一个替代品，我会想到姑父行色匆匆，好像要完成一件使命一样，把我从家里接走，接到那个离江沿不过几百米的地方，一间黑咕隆咚的屋里。不远处的江边是他儿子经常去玩的地方，也是消失的地方，也许一直就在那里，从未长大。

那时候，真的不明白生老病死的恐怖，就算到了高中，我们的体育老师要强行教我们前空翻和后空翻，我们以各种学习压力大、女生“大姨妈”来了为由，也不能阻止他传教士般的决心。

他总是苦口婆心地重复自己的一段经历，那是一场车祸，因为他会后空翻而侥幸逃命，而其他人都多少遭遇了劫难。他说着说着会眼含热泪，好像死亡离自己很近，那些消逝的生命在跟他对话、告诫、求援。然后，他规劝我们，我不是要逼你们，真的，直到你们哪天遇到同样的灾难了，就知道我说的话多么重要。

我曾经有一段在工厂打工的时光，经常因为加班要很晚才能回住处。回去的路上已经很累了，踩着脚踏车的双脚已经轻飘飘的，终于有一天，在经过一段黑路时，车子磕到了一块石头，我整个人飞了出去。当时，我只感觉眼冒金星，瞬间便毫无知觉。

等我醒来的时候，已经被扶到了床上，弟弟在旁边照看着我。我以为自己已经死了，没想到还活着。那一次，我伤得很厉害，整个半身都血肉模糊，半边脸也破了皮，下巴更是伤到了骨头，流了很多血。

即便如此，我已经无力去医院，因为在离家较远的一个城市，不能告诉父母，我只能躺在床上等伤口自己愈合。第三天，我终于可以下床，才在弟弟的搀扶下去医院涂了点红药水。医生很惊叹，说你们也太马虎了，就算不怕流血过多，也不怕得破伤风什么的吗?

那是我第一次感受生与死的瞬间，有那么一刻，或者更长的时间，我已经毫无意识。那是一种与睡眠不一样的感受，我能感觉到自己的灵魂在飘浮，在上升，好像要离地而去，永远飞离地面。

参军入伍后，经常要参与一些国防建设的劳动。记得有一次我们一行

人去挖坑道，那种坑道有点像防空洞，但施工的人说这是电缆沟。要是不用抡起镐啊锹啊挥舞的话，我还是乐意在那些洞里穿梭来去的。

这种罗曼蒂克想法在午饭后便被我付诸了行动，我和另一个战友躲到坑道里一个拐弯的地方躺下休息，那里有风吹进来，凉凉的很舒服，很快，我们便睡着了。

不知道过了多久，我们才醒过来，坑道还是那个坑道，仍然有凉风吹进来，但战友们呢？我们撒开腿就往外面跑，所幸，他们就在外面的工地上干活。队长过来只是用一种很怪异的眼神看着我们，那种眼神至今我都记得，充满了恼怒、愤恨、埋怨、担心的复杂情绪，但当时他什么都没说。

后来我们再也没有无知地做这样的一件事，因为据说刚挖的坑道随时都可能坍塌，想想都心底发凉。

2002年，我参加了一次与邻国的联合实战演习。我是主动请愿上战场的。一路上，我们颠簸着，经历着零下几十度的严寒考验。当偌大的夕阳映照着每一张疲惫的面孔时，我真正感受到自己的存在，一种勇敢而坚毅的存在。那是一种在暖室里待久了被遗忘的内心涌动，是属于男人无形勋章的光热。

每天，当我们起床时，就已经能听到坦克从身旁经过的声音，轰隆隆的，挟裹着滚滚的烟尘，遮天蔽日，伸手不见五指。一直以为和平年代的演习不过是走个形式，但真正上了战场会发现，一切都严酷得让人不敢相信眼前的现实。前线炮火飞扬，能在咫尺之间看到火苗飞射，而人本应雄壮的怒吼声在炮火中显得那样微弱。

那场演习，没有输赢，但在营房里每个枕着枪的日夜都让我想到生死。事实上，每次演习都会有战友牺牲或受伤，每次听到这种噩耗，大家都非常沉默。只有在摘帽鸣枪过后，才能听到一声齐刷刷悲痛的呜咽，像雁阵划破天空，像宇宙再次洪荒，像昨日和明天再次重叠。

信息爆炸的年代，每天都有天灾人祸的声音从各方传来。与我们有关的会第一时间打探查询消息，问候灾区的亲人；与我们无关的，或许很快便淡忘了。同样作为铁道老兵的姨父，曾经随部队驻扎在北京的东大门唐山。似乎所有人一想到唐山，都会想到那场旷世难平的地震灾难上。但我从未听姨父提起过，姨妈说，姨父当年也是参加救灾的官兵之一，没有人比他更接近死亡，也没人比他更清楚死亡的可怕。也正是因为此，后来姨父得了癌症，硬是在强烈的信念下，病愈出院，至今健康地活着。

前几天，一个报社的好朋友突然很悲痛地跟我说，心情不好，没心思上班。我问他，你是生病了，还是失恋了，还是生病加失恋了？他说都不是，就是心情不好，抑郁得不行。后来，我才知道，是他的小学同学去世了。想着正当壮年，正是干一番事业的年纪，但同龄的同学却因突发疾病离世，怎么能不悲伤。

上学的时候听过一个故事，是讲蜉蝣的。有一天黄昏，一个走在森林里的人，遇见了一只蜉蝣正在哀伤地痛哭，那人问蜉蝣："你为什么在这里哭泣呢？"蜉蝣说："我的太太在今天中午死了，所以我才在这里痛哭呀！"那人说："现在已经黄昏，你也很快就会死，何必哭泣呢？"蜉蝣听了，哭得更伤心了。

那个人不禁莞尔，蜉蝣朝生而夕死，中午死和黄昏死有什么不同，何必哭泣呢？等他走远了，他才想到，从人的眼光看来，蜉蝣的一生是如此短促，中午和黄昏差别不大；可是从蜉蝣的角度看来，中午到黄昏就是它的下半生，那下半生也是和人的下半生一样漫长呀！

在宗教信仰者眼里，任何的人命运都是前世注定的，寿命亦是如此。在我看来，这些冥冥中的注定不过是自我安慰，同时也是可以慰藉他人的良药。在灾难和意外面前，我们都命如草芥，任何富贵苟且都无法战胜，而我们唯一能做的，就是且行且珍惜。

给那些不知道名字的人

不知道这是第几个负责上门安装的师傅了，他在小区外打电话时，我将最后一口馄饨吞了下去。

师傅在我的指引下进了小区，笑呵呵的。有了之前的经验，我问他有需要帮忙搬上去的吗?

果然，他将电动车停好，说你帮我把这个铁桶带上去吧，比较轻。我拎了一下，确实不重。他又说等会帮我把这个工具箱也一起抬上去吧。

我欣然应允，等再次下楼抬起工具箱时我就后悔了，竟然如此之重。师傅还是一脸笑呵呵的表情，说三百六十行里头我们木匠的工具箱是最重的。

进了门，我赶紧递上一瓶水，师傅说不用，我带水了，你去忙你的吧，下午等我装得差不多了，你再来。

我说中午我还得给你买饭呢。师傅又摆摆手，“我带饭了，喏，在那个箱子里。”我瞥见那个巨重无比的工具箱，敢情里面除了木匠的工具外，还有饭菜和水。

他边说话边收拾工具开始干活，眼神却斜睨着我，好像是在说你怎么还不走？

为了避免尴尬，我又问他，师傅，您抽烟吗？

不抽。

这个师傅可以说很佛系了。

自从年初家里开始装修，就接触到各式各样的师傅，这里且不说半包工程里的泥瓦匠和木匠，就说这些送货的和安装的，多到我数不过来。因为都是提前预付了送货款和安装款，少了很多讨价还价的细枝末节，倒是清净了许多，也纯粹了一些。

最早是送瓷砖的，那是我第一次知道那么大块那么重的瓷砖要一箱箱背上楼，而且一趟还是三至五箱。来送货的是个年轻的小伙子，高高壮壮，穿了件白T恤。车一停楼下，他就在路边脱了T恤，露出一身腱子肉。他换上工装说，你去开门吧，说着便背起了几箱瓷砖，我下意识地去帮他扶住，才知道那瓷砖有多沉。

差不多背了几十趟，小师傅才抹着满头的大汗说都齐了，你数数有没有差？边说边往阳台玻璃上贴他们的广告，嘴上也没停：“这个是例行公事，等我走了你揭掉也没事。”

第二个也是个小师傅，是负责集成吊顶的，湖北口音，个子不高，一脸的认真劲儿，让人觉得如果好好上学一定会考上211、985名校的那种。

小师傅干活也认真，每一个环节都要征询我的意见，“你看怎么样？要不要高一点？凉霸放这边更好，对称更美观。”

小师傅吊顶的时候，装电动晾衣架的师傅也在。那个师傅比较在意时间，说话有点冲，因为要等吊顶完了才能安装晾衣架，他就先跑出去装了另一家。等他回来开工的时候，都到晌午了，我说我给你也买份饭吧，他一个劲地说不用不用，装完再说。

等我把饭买回来递给他，师傅的态度好了很多。不像小师傅默不作声、一本正经地干活，不带一点点表情，却让人感受到细致周到的服务。

送地板和装地板的都是老师傅，特别是送地板的师傅，不知道是不是干这种苦力活容易显老，他看上去有六七十岁了，而且非常瘦，弱不弱不知道，但看上去真的到了退休颐养天年的年纪。我看他背起重重的实木地板，心里揪得慌，想问他多大年纪了，究竟没问出口。只是客套地问他累不累，要不要坐下歇会儿喝口水。师傅说习惯了，不算什么，还有一家要送货，得赶紧走了。

装地板的老师傅高高瘦瘦，南京本地人，干

活利索，我把一包烟和几瓶水还有一袋苹果扔在窗台上，他虽然自己带了一大壶水，但还是把大瓶的矿泉水打开喝了，烟却留了三根，我说师傅你带走吧，我也不抽烟。他笑着说，留着吧，还有点余活改天还得来一趟，放着都是我的。

果然老师傅第二次来就直奔窗台，点上了烟，还把卫生间里剩下的一个苹果也揣进了兜里。

最有意思的是装移门的小师傅，本来找的是一个和我年龄相仿的师傅，但他接了一个医院的大活，只好把我的活儿推给了他的侄子。

他们叔侄都是江西人，有着浓重的江西口音，小师傅很有趣，接了活给我算完账，到了晚上告诉我自己算错了，因为我选了好的材料所以价格不一样。我说你重新算吧，我把差价补给你。小师傅重算了一遍让我补差价，过了一天又告诉我某种材料不适合这个移门，让我重新选择并做了推荐，但价格又不一样了。我说行，但这次不能再改了。小师傅说保证不再改了，马上就下订单。

后来得知小师傅原本是跟着他叔叔学徒的，刚刚自立门户，所以对一些细节还是摸不清，但干活还行。

做下水的也是江西人，是夫妻档。丈夫负责干活，妻子负责递工具。我一听他们说话，就说你们是江西人吧。他们说你怎么听出来的，真厉害。我说刚给我装完移门的小师傅说话和你们一模一样。师傅笑了，说我老婆做清洁，等你家装修完了也找我们做清洁吧。

因为收费不菲，我说你们这样一年得挣几十万吧？师傅狡黠地一笑，三十万吧，可是我老家还有两个孩子在上学呢，这点钱不多。我问他多大年纪，他说你说我吗？四十多岁，大儿子快高中毕业了。我想起那个装移门的小师傅的叔叔，年纪和我相仿，都已经做了两年外公，不得不佩服江西老表们的勤力。

送木门的是一个带着河南口音的中年汉子，憨厚老实的样子，他一早打电话告诉我因为白天货车不能进城，只能晚上送。我说没关系，你提前给我打电话就好了。

本来约好九点半到的，结果他七点半就到了。我说你怎么提前这么多，他说我不认识路，导航告诉我走隧道快，没想到这么快。

师傅很快把木门送上了楼，下楼倒完车，我说你还认识回去的路吗？他说我有导航，又问我你往哪儿走？要不要我捎你回去？

我说不用了，时间不早了，快回吧！师傅开着车疾驰而去，在夜色中像一辆跨越时空的马车。

PART 3

时间煮海，往复无迹

无言的山丘

曾有朋友来南京游玩，说你们玄武湖虽好，但总不及西湖妩媚。我承认，也笑着告诉她，南京的胜景本就不在玄武湖，而是湖尽处的山峦——紫金山。

朋友抬头四望，说，这山倒也雄伟，可也缺了些仙气。

大约是西子湖畔连绵的群山更为妖娆，又有神话传说加持，先入为主了。朋友左看右瞧，南京的风景总也有些别扭，搞得我也有些不自信起来。直到带她进了山，她才击掌称妙，那些散落山间的古迹、皇家陵园、有些废弃的亭台、青石步道，还有密密匝匝的悬铃木行道树，甚至不知哪朝哪代留下来的无名氏古墓，终于让朋友叹为观止。

不加修饰，不刻意雕琢，不滥于复刻，这才是南京的底色吧。

对于山，的确还是要入得山林，行至山腰，甚至攀得顶峰，才知妙处。

山丘无言，而人心欢腾。

我喜胜迹遍地的山，但更喜无人开垦的野山。少时随老师同学一起去皖南写生，一个不知名的山头，却异常绵长，像是一道屏障，山北是人家，山南则是一倾碧波。

我们是从山北进入那片山林的，山下的路窄而弯曲，两旁植了许多竹子，竹子深处常常露出一两户人家，茅草屋顶，门扉洞开。我们走得汗流浃背，问一户人家求水喝，主人会在门前打了井水给我们，那井水清冽甘甜，入口难忘。主人又叮嘱，上了山，饶是山泉水再美再甜，也要小心饮用。

到得山脚下，抬眼处有崎岖山路蜿蜒直上，有同学踩到了四脚蛇，并不惊慌失措，而是用手捏起四脚蛇的头，引起围观。有女生闻讯四散逃去，仅有一两个胆子大的凑了过来，说这四脚蛇原来是这样的呢，原以为是壁虎，竟然是和蛇并无两样，只是多了四只脚，真是太奇怪了。

刚走出几步，又有女同学尖叫声传来，原来脚下踩到了细细的小蛇，男同学嬉笑着追过去，将小蛇捡起，装到了一个路边废弃的玻璃瓶中。一路上了山，那玻璃瓶中竟装满了细细的小蛇，本来恐怖的画面，倒是有趣了起来。

左拉右拽，同学们齐心协力，终于攀到山顶，所有人都欢呼起来，还有男生脱了上衣当旗帜挥舞。山下是一片沃野，早先的那几户人家早已掩映在一片绿莹莹的林子里，再难寻觅，倒是来时的半土石子路，弯弯曲曲像一条带鱼般挂在那里。

又有尖叫声传来，这次不再是惊恐的女生，而是齐声呐喊，声音穿过苍穹，在群山回荡。原是山南的大湖像一面镜子突现在眼前，阳光的折射让她波光盈盈，像极了少女的眸子。

我们沿着山头行进，一走就是几公里，仿佛再走下去，会到达另一片天地。完成老师布置的作业，又吃了随身带的干粮，稍作休息，便寻了新的道路下山。

上山容易下山难，这是我听到的第一句关于行山的俚语，简约又直白，藏着民间的智慧。

然而我们下山的时候却觉得轻松许多，一些人已经疾步如飞，老师要不停地喊保持步速，匀速前进，但仍无法控制年少的飞奔。也有人驻足，原来是觅到了汩汩流出的山泉，奔过去掬起清凉的水扑向脸面，急性子的已经将水送到口中，忽闻一声呵斥才罢了手，想起来时农家主人的叮嘱，只好怏怏地甩手而去。

许多细节早已被时光磨蚀，只记得当时是坐船去的，我们从凌晨出发，摇摇晃晃的，靠得岸时已是鸡鸣狗吠的清晨。未见山时尽是梦里的山清水秀、花映水红，真见山时十里长山野趣十足。

在东北生活过几年，东北有兴安岭、有长白山、有松岭、有黑山。最早去的地方是个山坳，据说是长白山的余脉，算得上群山环绕。清苦是清苦了些，但每次听到远处火车轨道上传来的汽笛声，在山间回荡，总是能解一些乡愁。

同样回荡在山间的还有我们的军歌，那时的军歌真好听啊，总是唱得我们热血沸腾。什么金戈铁马、雄心壮志，都显得太空泛了。记得有一个从内蒙古赤峰调过来的战友说，你们真的身在福中不知福啊，这里有山有水的，又没有狂风、沙尘暴，你们不知道我从前过的什么日子。

可是他没有提到大雪封山的日子，我们喝黄泥汤的日子，啃生冷的大白菜的日子，躲在被窝想家的日子。这些日子加起来足以让我们对他嗤之以鼻。

我们还没来得及反驳他，拉练的日子就到了。天刚蒙蒙亮，我们就背着背囊出发，腰间背了水壶，胸前别了白毛巾。队伍一列接着一列，比几公里以外伸向山外的轨道还要长。不知道走了多久，天光渐亮。

天色原本也并不灰暗，皑皑的雪色早就把世界统一成了一个颜色，只是来自东方的那一抹橙红的亮色，还是挑衅了我们。脚步似乎更快了，前方有齐齐的吆喝声传来，像三峡的纤夫在拉一只大船。原来是有吉普车陷进了雪坑。

这突如其来的陷阱，像中了埋伏，一群人拥了上去，一起将车子从坑里推了出来。吉普车轰隆隆地发动，冲上了一个山头。山头也是白雪覆盖，并无景致。当我们一步步登上去，看到一轮硕大无比的朝阳冉冉升起，并着雪色，像有热气在蒸腾。

那是我此生见过的最大最美太阳。还有一次是在科尔沁大草原上，那是一场旷日持久的实战演习，也是一个冬日，零下三十度的气温，只是没有大雪覆盖，更无群山映叠，有的只是大漠孤烟，过于苍凉了些。

原本有些懈怠的队伍，像打了鸡血一般，又有了动力，山头有一面红旗飘扬，衬着那轮红日愈发耀眼夺目。

过了三月，雪也会慢慢融化，只是不像南方一夜间蒸发，北方的雪都是从底部开始消融，像釜底抽薪般悄悄地，不发一声号令，雪慢慢地薄了，只是不远处一道自然形成的细长水渠泄露了秘密。

到了夏天，部队总会种上各种瓜果蔬菜以自给自足。有一次随车和炊事班的战友去山上，说是要砍一些树枝回来给果蔬搭架子。绿色的解放牌卡车在山里上上下下地飞驰，终于到了一座山下，那是一座无人看守的野山，四下无人，只有稻田里的稻草人站着岗。

和风拂面，我们上了山，一边挥起镰刀砍起了树枝，一边闲聊，说这山上不会有东北虎吧，不会有野猪吧，不会有狐狸吧，不会有孤魂野鬼吧。越说越离谱，越说越不着边际。

到了中午时分，也不见有什么小动物，哪怕小猫、小狗、野鸡、野鸭出现，倒是地上有成群结队的蚂蚁在跑来跑去，像一支永远也拉练不完的队伍。

我们吃完带来的饭，躺在地上休息。天空湛蓝，有大雁飞过，山下是成片成片的稻田，更远处又是连绵的群山，想起那次拉练看到的那轮红日，不知道是哪座山头。不过才半年光景，却恍若隔世。若是经年，怕再也想不起这些山的模样。

是年秋天，随一众纪念海子的诗人去了秦皇岛的山里。去之前一直以为秦皇岛只有海，并没有什么值得称道的山脉。直到秦皇岛的朋友释疑，告诉我别忘了万里长城的第一关山海关就在这里。

车辆向山里行进，我下意识地移步前窗，当看到远处有奇峻的山峰鼎立，我早已无法克制激动的心情大声叫喊起来：“这山太美了！”朋友说，这山有什么美的，哪敌得上你们江南的山秀美。我说《荀子·强国》里说：“其固塞险，形埶便，山林川谷美，天材之利多，是形胜也。”这山虽无秀美之意，但胜在奇巧，你看那山头，有种高原险峰的峻峭，实属难得。

当天，我们住进山里一处叫房庄的农户家，农户家家户户门前都有一棵甚至多棵栗子树，适逢秋日，那些栗子已经颗粒饱满，喷薄欲出。农家主人说这些栗子树原本都是山里的，房子建到了那里，栗子树自然就有了归属。

院子里还有枣树，有南瓜藤、葫芦架，地上种着黄瓜、青菜和萝卜，一派生机盎然的样子。院外就是一泓碧水和一座环伺的陡峭山头，可以想见雨水丰盈时，山头的水如瀑而下，哗哗作响，是为群山回唱，乡音绕梁。

午饭过后，就有人提议上山，说这里的最高峰老君顶是秦皇岛少有的名胜古迹。为免遗憾，也拾足前往。我们寻了一处刚刚开拓的山路，那条山路折叠着盘山而上，没有任何的现代加工，露出石头和泥土，路的两旁间隔有几棵巨大的栗子树，枝干挺拔，硕果累累，和农户家门前的并无二致，显然是有些年月了。

山上有一行人下来，手中牵着两匹马，也有可能是驴，就在我们小声争执是驴是马的当儿，来人哈哈笑了起来，说这是骡子。原来既非马也非驴，是他们寻常驮货的骡子。五谷不分驴马不认的我们，真是贻笑大方。

我们行到半山已气喘如牛，只好停下来望远处，只见北部群山之中有云层压顶，像似给整个山峦戴了一顶帽子，有眼尖者已指出了山上的印记，那是始皇帝和明朝留下的长城遗迹，蜿蜒耸立在群山之巅，一派万夫莫开的阵势。

折转身来，又是另一番景象，如盖云层瞬间转化成了镶着金边的灰白色积雨云，那一大片云整个挡住了太阳，露出的一丝光亮犹如佛光普照。所有人的脸上都沐上了一层光晕，那是远离尘嚣的，不被凡俗打扰的最接近于幸福的光晕。

到了山顶，赏了古迹，又沿原路下得山来。晚餐在篝火里进行，每个人都已把老君顶的典故抛到九霄云外，倒是那道忽隐忽现的佛光令每个人热情洋溢，回味无穷。

和着山间清华月色，噼噼啪啪的篝火，还有美妙的诗歌，有人尽情地唱了起来，不知是哪个地方的方言，我们都不大听得懂，但那种喜悦是相似的。

歌声在群山回响，晚风带不走，明天的朝阳也带不走。

穿过幽暗的隧道

我喜欢隧道，喜欢如隧道一样的地方。如同有人喜欢古堡，有人喜欢沙滩，有人喜欢绿油油的丛林和草原。

而我却独独痴迷隧道。

我相信世上一定有那么一类人和我一样，喜欢这种幽暗，喜欢这种曲径通幽、柳暗花明的深邃，喜欢靠近、揣摩、张开双臂去拥抱这种深邃。

城里面是极少可以看到隧道的，唯一像隧道的就是城门，有着拱门的形状，但太过短促，一眨眼就过去了，也从无幽暗的感觉。

城外也有绿树掩映的所谓爱情隧道，是由树木自然生长围起来的一段铁路，人在经过的时候就像穿越一段时空隧道，那里一度成了文艺青年拍照胜地。

可那都不是我爱的隧道，我心中的隧道一定是山凿石砌的，是栉风沐雨的大自然和人工的天作之合。

有一阵子，经常往返于宁沪之间，每每铁路快要到达南京站时，都会通过一段不长不短的隧道，我总有些按捺不住，无论是酣眠还是半醒状态，都会整个身子直立，耳朵也支棱起来。我要听听火车穿过隧道的声音，那是一种区别于外界的声音，在划破空气的刹那，火车的声音会有些沙哑，像人的哽咽。多少年，我把这种哽咽等同于近乡情怯，是终将抵达时内心的丰富活动。

此去经年，无数次坐着火车穿行过异乡的隧道，才发现，这仅仅是喜欢，那种纯粹的喜欢，是一种生理上的直接反应，与是否近乡情怯似乎没有什么关系。

我欣喜于这个发现，不带有任何的情感色彩，只是本能地想要去倾听，去窥探，总试图在这特殊的空间里找到什么。

事与愿违，我并没能从中找到什么，我也并不急于要寻到答案。这样的感觉是人生独有的体验，我要把这种感觉保持下去。

年轻的时候，有一次在隧道睡着的经历，粗笨是粗笨了些，如今提起来却自觉可爱得紧。

那是部队里的一次户外劳动，替驻地的百姓挖电缆沟。因为在城市核心区域，不能明挖，我们就只能在一处开了洞口，再往深处挖供两人并行的隧道。那时候机械化并没有完全普及，很多工程还是靠人工解决，而驻地官兵就时常要承担这些军地施工任务，也可称之为国防建设。

那日中午时分，大家吃了些干粮和矿泉水，稍作休息。我和另一个战友找了狭窄隧道里一处僻静之处，不一会儿，我们就枕着铁锹的把手睡着了。

不知道过了多久，等我们睁开眼，发现其他战友并没有再来隧道内，才惊慌失措地往洞口跑去。

幸好，等我们终于“逃出生天”，看见战友们就在不远处继续地面劳动。

我们面面相觑，心照不宣，但从此对隧道有了一种无以名状的感情。总想着原本阴暗潮湿的隧道，竟然有着冬暖夏凉的功效，要不然我们何以酣眠至此，连部队开拔了都不知晓。真是大胆！

出差去厦门，那个心心念念的海边城市，一路上火车都在近海处驰骋。过了温州，火车突然变得慢了下来，一度列车就停在站台或者隧道的入洞口。

因为这段路线曾有过事故发生，所以几乎没有人出现焦灼不安的情绪，都安心地等待列车再度出发。

而我早已被窗外的景色迷住。因为近海又多山地，地质条件对于工程人员来说简直是噩梦，但对于我这种路过的游客来说，却是难得的好风景。光听听地名就够美的了，霞浦、宁德、马尾、惠安……每一个名字都似乎包含了一段历

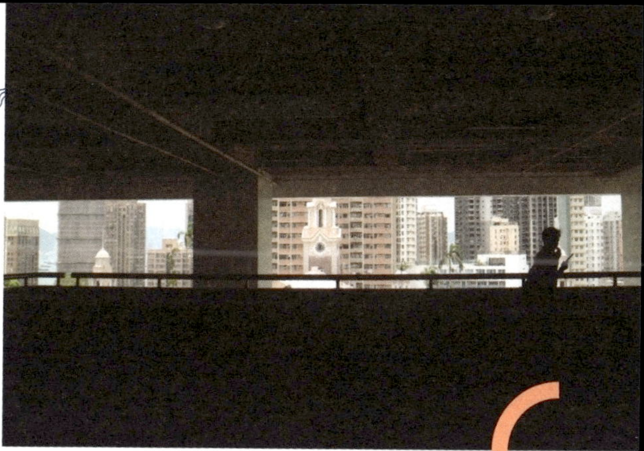

史、一个故事、一抹情缘。这些城市都背山面海，你能轻易地看到山上的寺庙已经有了闽南的特色，你能看见渔民在波光潋滟的海面上撒网捕鱼，你也能看到环山公路上那些飞驰的汽车，它们奔忙的样子，一会儿从树丛里冲出来，一会儿又钻进山洞。

每经过一座城市，都无一例外地要穿越一个或几个隧道。那些隧道或长或短，每次经过，风声湍急，像武士抽刀断水，又像侠者来去自如。

直至到了厦门，见到厦门大学的芙蓉隧道甚至鼓浪屿上阴暗潮湿的龙山洞隧道，反倒觉得索然无味了。

有一次开车去皖南，起初只是打算去一座未经过度开发的山里走走。

汽车穿过一条又一条省道，沿途的风景很好，树木苍翠，山丘环绕，直到了宣城境内，远远可以望见敬亭山。想起李白那首《独坐敬亭山》：“众鸟高飞尽，孤云独去闲。相看两不厌，只有敬亭山。”李白几乎把敬亭山当成了恋人，他流连于此，甚至将死后之身也留在了离此不远处。

并没有计划在宣城逗留，所以在城外转弯准备上高速。城外的路突然变得糟糕，像是一片化工区要拆迁，呈现出破败的景象。

终于开上了高速公路，还未开出十多公里，前方就出现了一个隧道。

原以为这个隧道只是一小段，没承想开了足有两三分钟。正是盛夏时节，里面阴凉沁人心脾，哪怕并没有真正感受到，心里却是真的安静了下来。

多么希望这段隧道能再长一点啊，又多么希望所有的车辆到了这里能够慢下来。

或许没有人如我这般想象吧，所以我也只是一场虚妄的幻想。

出了隧道，下了高速，又入了一处县道，路况不好不坏，路边是高耸入云的白杨树，高大的躯干像士兵般挺拔。所有的树种里面，我最喜欢的就是白杨树了。它有竹子的傲直，又有顽强的生命力，在任何地方都可以生长，并肆无忌惮地长到高处去，完全无视同类的目光。

终于，我们接近了目的地，是一座座山林里藏着的小村庄。那些村庄十分淳朴，每到这样的地方，都会想这里要是自己的老家就好了，到了过年的时候一定很有节日气氛，可以在屋前挂上红灯笼，然后在夜风起时燃放烟花，升起孔明灯。

这怕是另一种故乡的味道，就像很多人把周庄那样的地方当成自己梦里的故乡一样。我偏爱这差不多可以称作荒郊野外的地方，那些房屋背山而建，石砌的基石，木质的门扉，春联经过春的濡润和夏的炙烤，仍然牢牢地熨帖在两扇门的中间。偶尔能看到“忠厚传家久，诗书继世长”这样的句子，便觉惊艳，想来所有的人家祈愿大抵都相似。

不远处有水库，有人在钓鱼，也有人在围观。钓鱼本是清净之事，多不得人喧闹。但若钓到大鱼，缺了人分享那份喜乐，又觉得太过遗憾。所以，只需旅者不发出声响，和着钓者屏声息气，像在等待一场预谋已久的战争，也像等待一种既定的结果。

过了水库，上了一个山坡，路的两侧用绿色的铁丝网拦起来，仔细分辨才知道这山坡原是一座桥，只是年长日久，这桥和路融为了一体，附近都是山路，下雨天一定泥泞不堪，捎带着把桥上也厚积了泥土，真正看不出是一座桥。

好奇心驱使，便下车观望，眼前的景色怕是一辈子也难以忘怀。原来桥下是两条平行的轨道，伸向遥不可及的地方，而两边是郁郁葱葱同样看不到边的山林。

山林肃立，轨道静默。

此时此刻，并没有火车经过，但我已经能够想象，当两列火车相对交错，列车上的人会不会相视而笑，他们经过桥下的隧道时，会不会像我一样侧耳倾听，似乎要寻找某种答案，又不必真的要得到什么，只要这份认真就够了，可以理解为虔诚，也可以当作一场戏谑。

你也梦见过自己会飞吧

我坚信，许多人和我一样，梦见过自己会飞。

飞多高，飞的姿势一定也各不相同。

这是每个人的长相和活着的姿态决定的。

只是，我们都梦见过自己会飞，就够了。你想想，一群会飞的人，在各自的梦里完成自己的飞翔，是多么不可思议，但又十分绮丽的事情啊。

在这里，我有必要先公开自己的飞翔姿势，我之所以要公开，是因为太多的人和我一样，梦醒后就很快忘了，忘了自己会飞这件事，忘了自己的姿势是优美还是丑陋。我的公开有助于大家的记忆，这些记忆一旦拼凑一起，是多么壮观啊。

像候鸟迁徙，像百鸟朝凤，像倦鸟归林。

总之，这样壮观的事情，我们已经不能再等下去了。

最早我梦见自己飞，都是低空飞行，特别是在年轻的时候，那时候我才二十出头的样子，总是幻想自己能飞得更高，走得更远。但我性格懦弱，性情自卑又孤傲。我根本无法将自己飞翔的欲望很直观地公之于众。

那一年，我参了军，每天的训练强度让我无暇做梦，每天除了训练就是呼呼大睡，唯一的消遣就是战友间的“钩心斗角”、得失计较，显得幼稚而可笑。

后来，我到了机关工作。终于有了空闲，我就开始做梦了，那是我最早做关于飞翔的梦，我梦见自己低空飞行，这是基于懦弱性格的反应，我不能高飞，高飞太危险了，会有随时掉落摔得粉身碎骨的可能。我总梦见有人在身后追我，他们跑得很快，当我无法躲避的时候，我就飞起来了，是那种离地面三尺的样子，这种高度恰到好处，非常安全，这种低空的飞翔姿势一点也不过瘾，但我为了逃避追逐，只能选择这样狼狈的飞行。

为此，我还写了一篇小说就叫《低空飞行》，只不过我用脚踏车的滑翔代替了飞翔，这种滑翔和飞翔极度相似，让我可以很好地在现实中实现这种飞行的可能。

我还到处搜寻资料，企图在一些典籍里找到答案。后来我在《周公解梦》里了解到，梦见自己会飞，大约是因为向往自由无拘无束的生活，而经常梦见自己会飞则是逃避现实、幻想现实中不可得之事。

这样的梦一做就是几年，后来的飞行，似乎后面不再有人追逐了，而是成了一种常态。那种低空的飞翔姿势，成了我梦里的一种寄托，好像我不飞行，就不再是我了。我讶异于自己的这种心理变化，但却无法控制这种心理的诞生。一度，我想压制住不再做梦，但无济于事，非但如此，

到了夜深人静的时候，我还用意念去控制自己做这样的梦，不是说日有所思，夜有所梦吗？这种意念的控制竟然奏效了。

梦里，我低空飞行，时而在马路上，时而在一望无际的草原上。

那种飞翔，越来越让我了无牵挂。

最离奇的一次飞翔，是发生在离开部队的第二年。那时候，我刚离开北京，经常站在上海的街头恍惚，往往在一个十字路口驻足。上海极少有北京那样的天桥，但有无数个狭窄的十字路口。我站在十字路口想象着前面的马路上有一座天桥，天桥上站着另一个我。我们四目相对，望之憎恨又丑陋。

那次离奇的飞翔就发生在那段时间里，我梦见了自己的少年时代，我要赶着去上学。在我的记忆中，我上学真的都是赶着去的，每天我要骑着单车赶路，穿过一条并不平坦的马路。但梦里的景象要更美丽一些，马路笔直平坦，两边种植了高大的杉木，远处出现了绿油油的田野。

出发前，我检查了自己的能量值，预估到自己的能量值足以支撑自己到达学校的终点。我开始起飞了，那天艳阳高照，天上几乎没有白云，我飞得很高，大约有多高呢？差不多有东方明珠塔那么高，我都能感觉到呼呼的风声了，风将我的衣服吹得鼓了起来，像一只气球。

这是我第一次飞这么高，相对于之前的不足一米的低空飞行，这种高空飞翔既危险又刺激。中间我试着降低了一些，因为我感觉到呼吸急促，关节也有些肿胀，我怕这样下去撑不到学校就降落在地上了，更重要的是我怕能量值不够我会突然掉落到地上。

这太危险了，贪生怕死是我的不二信条，我一定要保存自己的能量值，坚持到最后一刻再降落。

后面，我安全到了学校，但我发现学校已经变得面目全非，学校里的老师和同学我都不认得了。我趴着窗户朝里面看，才意识到窗玻璃上映照着的自己也已不再是少年的模样。我开始警觉起来，这种警觉让我惊醒过来。我发觉自己做梦回去是要完成一件未完成的事，但这件事似乎永远也完不成了。

世界上没有什么比少年的梦破碎更残酷的了，而这种破碎还要在多少年之后卷土重来，在梦里重温，让人痛不欲生，魂不守舍。

这个梦过后，我再也没做过高空飞翔的梦，我又恢复到从前低空飞行的样子，懦弱自卑的样子，逃避现实的样子。

渐渐地，低空飞行的梦也不做了，我经常梦见自己在一个海滨城市，这个城市不同于我生活过的大连，也不同于我喜欢过的青岛和厦门，乃至珠海和香港。这个城市极其普通，街道破旧但又整洁干净，海边总是雾气腾腾，永远也看不清海上有没有远帆，有没有归舟。海边有一条马路，路面空无一人，马路一边临海，一边是陡峭的山崖，山崖上面或许也有城市，或许没有。但马路转个弯，平地上还是有住宅。

马路一直延伸到海滩上，海滩上也有一个圆形的半岛状的平台，那里仍然空无一人，我站在上面，想唱歌，想张开双臂，但我却再也飞不起来了。

我突然很怀念年轻的时候，可以梦见自己飞翔的样子，虽然姿态拙劣、姿势丑陋，但我仍然觉得那是一种不可多得的经历。这些看似无来由的飞翔，常常让我反思自己，一定是有些什么，值得我一再地去追寻，或许时间未到，或许努力不够。但只要还能飞，就不怕路程远，只要还能飞，就一定会到属于自己的那棵树、那座城堡、那个国度栖息。

总要虚度一些时光

忙碌起来的时候，总是想着能安静地待一会儿。就找一个角落，最好身边都是陌生人。放下公文包，放下手机，放下一切可能的造访和联系，什么也不干，就是发发呆。

眼神最好有些飘忽，看着面前一只玻璃杯子里的水从微微荡漾到静止不动，看着指间的烟任由它慢慢燃尽，看着窗外的阳光从这片树叶穿到那片树叶，最后停留在一个路人的脸上。

总之，什么也不干，发呆就好。

从前，当有人问我最喜欢做的事情是什么时？我总是想也不用想就会说我喜欢开车、喜欢打球、喜欢跑步，我能说出一百样一千样我喜欢的活动，以向世人证明我是一个积极的人，一个充满活力的人，一个可以随时融入人群的人。

如今，我只会慵懒地说出两个字：发呆。

发呆是一件多么奢侈的事情啊，要做到六根清净，嗔痴拔除，心无杂念，那必然是佛家的高僧大德才配拥有的，而我们这等红尘俗子，最多就是依仗发呆来清除心头的怨念和芜杂罢了。

总是想起那些慢悠悠的日子，坐着绿皮火车穿越华北平原、东北平原。火车总是经过一些很小的镇子，镇子十分的落寞、守旧，还保留了苏联时期的样子。红砖墙让人想起当年工业时代的兴旺，而废弃的仍然高耸的烟囱又令人觉得这里真的是无可救药了。

但那种场景是迷人的，十分的静谧，如果此刻有风琴或者吉他声响起，我一定会从火车上跳下来，一定会在某个墙角遇见一个会唱男高音的退休老人，他会旁若无人地引吭高歌。

我幻想过自己会从某个小站下车，和这里的某个姑娘相识相知相爱，然后在这个小镇上从此安定下来。我可以去做个铁路工人，每日在铁道边巡视，大多数情况下我听着火车的汽笛声远远近近地来去，看着白杨树在风中摇曳，我坐在铁道边的树荫下就着矿泉水啃玉米馒头。

那是一种叫作安详的日子。或许没有什么追求，可能庸庸碌碌，但就是这么坦然地过了一生。

也曾坐轮船去到江的对岸，坐船最好的一面就是没有办法控制速度，不像开车，可以随时加减速度，以适应心头的焦躁或平缓。但船在江中行，有种随波逐流的意思，必须放下一切，由着船缓缓行驶，缓缓靠岸。会由一开始的不适应，到渐渐地平复心境，继而享受起这份难得的慢时光。当船靠岸，你会明白，你将重新拾起行装，面对这凡尘琐事。

有一年去香港的大屿山，心想这种佛教圣地，怕是不会像中环尖沙咀般拥挤烦嚣，结果上了缆车才知道，纷扰的游客早已去了一拨又一拨，当缆车行至半空中，见到山间一路上的山行者，倒心生羡慕起来。

到了大屿山景区，游客仍然是接踵而至，山上还有许多游乐设施，毫无佛门清静之意。于是绕进一石质小门，却发现转瞬间就出了景区，到了一处偏僻小路，路上空无一人，只有一条石凳置于路边。其实就一墙之隔，却像隔出了两个世界，出世与入世就是一念间的事。

我坐在石凳上，望着群山绵延，树木苍翠，风过处，松涛阵阵，心里的涟漪刚刚泛起又沉了下去。额头的一抹汗早已凉透，好似经历了一场梦，梦里是无尽的奔跑和肆意的狂欢，醒来却发现手脚冰凉。

此刻，像参透了某些东西，不明不白，却又心境澄明。

特别佩服那些可以慢下来享受生活的人。

有一次和一个年轻的朋友聊起他半路求学的经历，他说你也可以来。我说我人到中年又要养家糊口，怕是没有这等勇气。他说同学里也有四十八岁的，比你大了许多，人家可没有那么多的理由。

突然像遭受了一阵猛击，开始怀疑自己的脑回路。别人是谁？那个四十八岁的老兄又是谁？他们无非是另一个平行世界里的自己，在替自己完成一个心有余而力不足的梦想。

年岁渐长之后，朋友聚会不再是酒和水，而是茶和咖啡。久而久之，发现会喝茶的朋友越来越多，他们不光是会喝茶，还多少懂些茶道。并不刻意

盘腿也并不一定要美轮美奂的茶具，只是他们认真的样子让我心生慨叹，无论生活多么令人厌弃，总要有个角落重拾人生，让自己活得有仪式感。

我有个女性朋友，生了两个女儿，每每聚会，我们都会问她一定很操劳吧？但你又不得不承认她把自己打理得清爽得体，完全没有被家事挤对成一个老妈子。她仍然年轻自信，每周习字，去附近的城市看展，带孩子郊游，并时有惊人的作品问世。

虚度并不是荒废，是暂时放空，是合理安排，是劳逸适度，是否极泰来。

顾城在《门前》这首诗里写道：我多么希望，有一个门口。早晨，阳光照在草上，我们站着，扶着自己的门窗。门很低，但太阳是明亮的，草在育它的种子，风在摇它的叶子。我们站着，不说话，就十分美好。

李元胜也在诗里说：我想和你互相浪费，一起虚度短的沉默，长的无意义。

发呆本无意义，但因为那一刻的停滞，似乎又有了无尽的意义。

生而有涯，我们都太好胜了，太要强了，都不知道有时候停下来，姿态会更好看一点。

请对内向的人好一点

年长之后，最大的好处就是可以坦然面对自己的弱点，因为知道无力改变，也无心改变，唯有努力克服，让自己变得更好，让自己与这个世界和平共处。

曾经有很长一段时间，我无法承认自己是内向的人。哪怕所有的人对我的评价都是“他不爱说话，他一说话就脸红，他不爱见生人，他不喜欢应酬，他不喜欢热闹，他不喜欢在人前表达。”

这么多的不喜欢，都足以证明我是一个内向的人了，但我仍然是抵触的。我会通过各种方式告诉他们，我其实是双重性格，我也有热烈的一面。也许是出于对我自尊心的保护，好朋友一般都不会反驳我，最多说一句或许你是闷骚吧。但更多的人，或许会在背后议论，这人太小家子气了，这人太没气场了，这人太没情商了，这人太不合群了。

那些委婉的表述，让我沉迷，也信以为真；而那些背后的议论常常让我恼羞成怒，却又无计可施。直到最近几年，经历过情感动荡，事业变迁，发现性格的弱点已经让我错过了太多，才幡然醒悟，江山易改，本性难移，而我真实的性格就是内向的。

终于，在无数场合，我坦诚自己的性格是内向的，这种坦诚让我豁然开朗，也让我整个的形象焕然一新，所有人都觉得我变了，可以说是一种自嘲，也是一种对自己的否定之否定。

有了这种心态，无论是工作的开展还是结交新的朋友，反而更加地得心应手和顺理成章。

有了这种经验，每次看到跟我从前一样的年轻人，我都会发自内心地想帮助他们，想告诉他们，我以前也是这样的，这些可称为交际障碍的性格造成的问题，其实是可以通过自己的努力一点点化解，并得到改善的。

有次在一个年轻朋友的微博上看到一句话：常常觉得自己是一个无能的人，尤其是在看到别人比你优秀时，更觉得全世界的黑暗都笼罩全身。自卑啊，真是一个恶魔，被它附了身，这一辈子想摆脱掉它，那是一件特别辛苦的事。我也想活得自信，活得乐观，活得让别人喜爱，但我偏偏朝着相反的方向走，这个夜晚太令人沮丧了，而我又是一个多么喜欢抱怨的人啊。我好像从来就没喜欢过自己，又怎么奢求别人看到自己身上的光呢，太可笑了。

看完感触颇深，但凡一个内向的人，一个内心自卑的人，都会有同样的感触吧。相较于那些“学霸”，那些好看的人，我们真的一无是处。我们长相平庸，学业平平，不擅世故，思维迟滞，好像与所有的人都话不投机。沮丧像一颗种子，种在了我们最软弱的地方，非但拔不掉，反倒越陷越深。

内向的人，在处世上总是吃些亏的。想表达的时候，因为羞涩，因为紧张，因为怕表现不好，总是被那些快言快语的人抢了风头；想表现自己才能的时候，因为畏畏缩缩，因为怕被挂上争名夺利的名头，你又一次被人抢了先机；当觉得自己终于找对了舞台，可以一抒胸臆时，才发现所有人的表情都是怀疑的，甚至会觉得自己听到了窃窃私语的声音，于是又一次败下阵来。

重塑自信是多么艰辛的事情啊，况且我们从未真正自信过，内向的因子逼迫得我们喘不过气来。我们不能对自己喜欢的工作予以争取，我们不能对自己喜欢的人发出强烈的信号，我们不能在一个明明可以掌控的领域站出来说我可以。

我们读过那么多书，看过那么多激励的文章，仍然过不好这一生。因为我们是内向的人。

内向的人总是容易掉队，容易被数落，容易被鄙夷，容易背黑锅。

内向的人真是没有绝处逢生的机会了吗？真的只能在一次次撞壁后生闷气而无人倾听吗？有人会说，内心太脆弱了吧，这样的人活该过得不好。

可是，人生而平等。内向的人也并不是一无是处，只是因为被那些善于表达的人掩盖了光芒，当你仔细地去辨认、去倾听，多少能听到一些微弱的声响，那是他们发出的最后的呐喊。

我是一个内向的人，当我承认这一点后如释重负。很多年来，我一直不承认这一点。只要有人问我属于什么性格时，我都会说是双重性格。至于什么是双重性格，我并没有去探求其真意。只是觉得这样回答更入世，更能适应各种场合。

人到中年，不得不审视自己，面对现实。当然也更坦然接受自己的缺点，甚至都不能称之为缺点。只是这么多年自己内心的胆怯，生怕面对世俗的目光和不容忍。

毕竟性格开朗的人总是会得到更多的喜欢和青睐，无论是为人处世还是待人接物，甚至在学业和事业上都要顺遂许多。

特别在意别人的目光和看法，事实证明大多数人并不记得你当时的表现。哪怕那些本对你有敌意的人，他们会多少议论一下，或者心里暗喜，但很快，他们也会被凡俗淹没，被自己的行动和语言填满。

毛姆曾经说过：好不容易发现了自己的平庸，却为时已晚，这才是最残忍的事啊。

我倒不觉得，一旦发现真实的自己，就能更好地调适自己，不再受到世俗的束缚和牵绊。原本作祟的自尊心也得到了最大程度的释放。

太宰治在《人间失格》里劝诫：少年们啊，无论你们今后度过多少岁月，请不要介意自己的容貌，不要吸食香烟，若非节日也别喝酒。长大后，请多加爱惜那性格内向、不爱浓妆的姑娘。

最美的你不是生如夏花，而是在时间的长河里波澜不惊。

唯有身处卑微的人，最有机缘看到世态人情的真相。一个人不想攀高就不怕下跌，也不用倾轧排挤，可以保其天真，成其自然，潜心完成自己能做的事。这句话是杨绛先生说的，我深以为然，这么多年，看清了自己的弱点，便不再纠缠于那些自己够不到的高枝，而是清醒地认识到将自己所擅长的、所喜欢的整理勾兑好，便是最妥善的人生。

亦舒说，人一生只配得一具皮囊，与之厮混纠缠数十年，躯壳遭到破坏，再伶俐的精魂也得随它而去，不能单独生存，看穿了这一点，不自爱是不行的。

所以，像我们内向的人，随波逐流也好，坚持自我也好，都别忘了对自己好一点。

春末了

接父亲出院的那天，我们回头望了一下医院的院墙，从前无论是我还是父亲住院离开时，母亲都会唾一口唾沫，口中念念有词：再也不要来这样的地方了。这种迷信行为据说来自母亲的祖母。母亲从小跟随祖母在乡下生活，老人家见不得人生病，一生病就牵肠挂肚，却又一筹莫展，便总是双手合十，对着佛像祷告。大约母亲是受了影响，也学来了这一套，只是更加简单粗暴。

此时的院墙密密匝匝垂挂着的开放着的已经不是晚樱，也不是海棠，而是蔷薇。母亲一时愣住了，口中的唾沫未及吐出，眼神却变得温柔了起来。我们就站在这一面花墙下愣神，嘴角扬起微笑。

这是我今春第几次注意这院墙上蔷薇开花了

呢？每天我都凌晨四五点往医院赶，赶到医院附近的转盘时，沿街的路灯刚刚好熄灭，刹那的色彩变换犹如猝然梦醒，刚刚还是灯火阑珊，在同一时间消失，代之的是有些昏暗的街道和匆忙赶路的上班族。

幸好天光渐白，我能瞧见医院院墙上的蔷薇垂下的身姿，有几朵花含苞待放，是欲语还休的模样。

那几日父亲刚住院，我总是早早赶到医院陪他做完各种检查再赶去上班。过几日，偶一抬头，发现院墙高处的几朵蔷薇已然盛开，我是多么喜爱这带刺的又不需被人为强加一些意义的花啊，就像野花那样肆意蔓延，无所顾忌。

父亲是去年冬天查出胆结石的，那天他在路边等我下班，我匆忙跑下楼，四处寻他不着便有些气愤，打电话也是吱吱呜呜说不清楚。终于我在一个黑暗的角落里找到他，他像个孩子似的很委屈，说在楼下等我多时，怕我加班时间过长就自己往前走了一段。我看他冬日里满头大汗，也不好说什么，只好跟着他往家的方向走。

也就是那天，父亲的胆结石发作很厉害，但他并没有告诉我，直到去医院检查他才回过头说那天晚上疼得厉害，所以才到楼下等我一起回家。我说你为什么不说出来呢？我们就可以打个车回家。他笑而不语，像左右为难的孩子。

那一刻，我感到我们的身份在互换，他再也不是从前那个对我指手画脚、总想控制我、总是和我为一件小事争得面红耳赤的大人了。

我陪他去医院检查，他在大厅里不停踱步，十分紧张的样子。我让他坐下，一切的流程我来跑，但不到两分钟他又站了起来到处踱步，甚至跑到医生的会诊室前张望。

动手术那天，我和母亲一直在跟他开玩笑，说你不要紧张哦，手术也是你一直想动的，要不是冬天有炎症这手术早就动了。说完有些后悔，又安抚他，现在手术都是微创，不疼的。你不是说姑妈的小叔子动完手术还长胖了吗？

他一个劲地点头，“我不紧张，有啥好紧张的，不就是打几个洞吗？”

当他被推进手术室的时候，我们已经不知道他紧不紧张了，反倒是我和母亲一直守在门外整整紧张了六个多小时。直到护士告诉我们父亲已经转到了ICU病房。我并不懂什么叫ICU病房，但预感不妙，因为在过去的六个多小时里，不停地有病人被推进推出，每次有病人推出来我们都要冲过去看一下，但每次都失望。

手术室门口的人见了都劝我们说这只是个小手术，没什么的，就是手术需要的流程比较多，会需要一些时间。

我们将信将疑，直到得知父亲已经不在手术室，我们一路飞奔，冲进电梯时我火速在手机上查了一下ICU的意思，原来是重症监护室。

等我们跑到ICU病房门口按响门铃，护士才出来告知我们，原来只是因为父亲年纪偏大才转过来监护一夜，第二天早上就会转回普通病房。

我和母亲都松了一口气，顺从地按照护士提供的清单去购买护理用品。

ICU病房是一栋独立的楼，紧紧靠着院墙，夜色里院墙上蔷薇次第开放，竟已不是当初的花骨朵。母亲说这花多像月季啊，全是刺儿，但又比月季茂盛，开的花也多，从前的人多傻，用这花当篱笆真的又安全又美好。

第二天父亲真的转到了普通病房，大约是手术比较顺利，并没有感受到疼痛，父亲说自己明天就可以吃饭了，后天就可以出院了，搞得我们啼笑皆非，邻床的人也笑话他，说自己都手术一周了也只能吃流食。

邻床的人其实一直在换，倒是间隔了一张病床的人一直都在，说是手术复杂开了刀口，愈伤较慢。邻床则几乎隔一两天就换一个人，起初是个两百多斤的胖子，任凭打着点滴，着床便睡着，睡着呼噜声就震天响。父亲刚动完手术心想安稳地养几天伤口就可以出院了，后来发现每天晚上都无法入眠。呼噜声此起彼伏，从走廊的这一头能传到那一头。有一天父亲终于受不了了，又不好直接干预别人，烦闷之下把插在鼻子里直通胃肠道的管子拔了。

第二天一早护士发现有些不快，嘴里絮叨着给他换药。邻床的胖大叔连连道歉说是因为自己的呼噜声打扰到了父亲，所以才有此举动。这下，原本十分气恼的父亲倒不自在起来，说原本也怨不得人家，人家也是生病了，不然谁愿意来医院睡觉啊。

父亲一下子没有了怨怼的理由，便也渐渐接纳后来的几个病友，他们仍然是两百多斤的胖子，每天呼噜声震天响，就这样挨着睡了一天又一天，直到父亲可以慢慢地坐起身，慢慢地下地行走，慢慢地可以吃流食，慢慢地接近出院的日子。

手术后的父亲像除了心头大患，嘴里唠唠叨叨，逢人便说没什么，动了个小手术，一点都不疼，一副很坚强的样子。而我们明白他的喜悦，他这大半生无波无澜，无甚太大的建树，也无甚病痛缠身，母亲总也会说些丧气的话，但也这样吵吵嚷嚷地过了大半辈子。年近古稀，挨了这人生的一个大关，是对自己身体的极限挑战，对自己的另一种认可和肯定，是那种大难不死、必有后福的畅快。

父亲出院的那天正好雨过天晴，院墙上的蔷薇也像洗过澡未经梳洗打扮的小姑娘，羞答答地半开半露。都说蔷薇开罢春天就尽了，而我却觉得这个春季尤其漫长。

PART 4

经不住逝水流年，逃不过此间少年

161
TISSOT
ibis
905

没有你的城市，是一座空城

一个人选择离开一座城市，是需要勇气的。一个生活惯了的地方，要离开了，肯定会有不舍。那里的街道，那里的花草树木，那里的咖啡馆，那里的小吃店，无不透露出你曾经的点滴，所有的往事也会接踵而至，让你对这个地方充满眷恋。

也有人离去时是十分决绝的，比如张爱玲。张爱玲打算离开上海去往香港时，对自己的姑姑说：你就当我死了吧。这种决绝，有种生离死别的味道，甚至让人觉出了薄情的意味。

可是，张爱玲是爱上海的，不然她不会在炮火连天时回到上海，她曾对自己的至爱胡兰成说："住处我是喜欢上海。"也曾答应密友炎樱："好，不走。我大约总在上海的。"但我们都知道后来她去了香港，又去了美国，然后在美国孤独终老，至死未回。

张爱玲的离去，虽有生存空间的压迫，但多少也与情感有关。一个人一旦失去了原本让她留在这个城市的根基，她便也觉得这个城市犹如一座空城。

那个根基大抵就是爱吧。爱别人，也爱自己。

那时候的胡兰成早已东渡日本，此时的她觉得自己如敝履，且衰老，她不能容忍自己不优雅、不抽烟、不穿旗袍。她也尝试寻找留在上海的理由，比如她尝试接纳当时的著名导演桑弧，并用桑弧给她起的笔名梁京创作了《十八春》和《小艾》，桑弧对她盛赞有加，认为她成熟了。只有张爱玲本人觉得在失去自己，这让她觉得“恶心”，这种“恶心”让她认为上海再也没有了“人生中一切厚实的、靠得住的东西”，她必须做出选择，那就是离开。

生无可恋，大概就是这个意思吧？

我有一个朋友青，青和我算是忘年交，她比我年轻，有活力。但她也有自己的烦恼，她总是慨叹自己的工作索然无味，却又不知道如何改变。当然，让她更为烦恼的是她遭遇了一段十分狗血被背叛的感情。

还记得我们坐在新街口星巴克巨大的落地窗前，长长的案几显得我们异常孤单。那时候的青刚刚从一段虐恋里走出来，她说自己不相信爱情了，当然她还是给自己保留了一些，所以她又说可能是自己遇不到爱情了。

我对她说，傻姑娘，人都是要讲缘分的，你只是缘分没到而已。这是过来人惯常的说辞，有没有用，因人而异。

我想青经此一役，怕是看透了几分，对于缘分这个词也就没那么介意了。她轻笑不语，像是应允了我这句话，也像轻轻放过了自己。

青最终回到了她的故乡，那个生养过她的城市，她依旧巧笑嫣然，一脸毫无心计的样子。这是一个渐趋成熟的人面对所有人的样子。

青是退无可退，才会回到自己的故乡吧。因为一个人，可以爱上一座城市；因为一个人，也可以厌倦一座城市。

Jason出身于一个艺术世家，从小生就一副放荡不羁的个性，这种个性来自他的衣食无忧，也来自他早早见到了同龄人不曾见过的世面。

像Jason这样的人，有个共同的特征，就是对远方的世界较常人有更多的觊觎。他要挣脱父辈的荣耀和光环，想要找到属于自己的支撑点。所以，他在很年轻的时候就去了上海，与一帮IT技术工作者厮混在一起，名曰创业。起初的小小爆发令他欣喜，但很快，创业的浪潮过去之后渐渐陷入沉寂。

他不得不重新审视自己，也开始怀疑自己。在最颓丧的日子里，他选择了回到家乡，开始在熟悉的环境里寻找机会。

Jason尝试过各种可能，但他发现自己回不去了。一线城市打拼时那种新鲜的事物和头脑的碰撞，在回到家乡以后成了久违的奢望。这让他无比失望和颓唐，从某种程度上来说，他又要回到父母的羽翼下生活，并将再也无法挣脱。

最终，他又去了上海。如今，他四处奔忙，倒是少了从前的那种颓废。也许，对于一个男人来说，忙碌是最好的解药。

青和Jason是都市里两种典型的年轻人，和当年张爱玲孤注一掷的来去不同，他们未曾那样决绝，但身不由己都是一样的。如果把一座城市比作一艘船，那么这艘船上的人，在离开之前，一般只有两个选择，一是终于找到了靠岸的理由，一是船上已经弹尽粮绝。

对于我们更多的人来说，离开一艘船，和离开一座城一样，无从寄托的地方，哪怕繁盛如浩瀚星海，都是空空如也。

找个什么样的人过一生

当身边很多大龄青年还在抱怨被父母逼婚的时候，已经有很多同龄人纷纷步入离婚的行列。

璇子就是一个典型的例子。

璇子是我在上海工作时的前同事，也就是去年的这个时候，夜已经很深了，她突然在朋友圈发出一段很丧气的话，我感觉有些不妙。

璇子是部队大院出生的女孩，性格大大咧咧，不拘小节，从来都是正能量满满。她突然变得这么消极，难免令人臆测。

因为都是部队大院里出来的人，我们向来关系很好。我便试探地关心她，问她是不是生活中遇到了什么难处，或者是工作遭遇瓶颈。

“都不是，是我离婚了。”她回答得倒是坦率。

我惊得目瞪口呆，要知道，璇子和她老公，从谈恋爱开始就活跃在我们的眼皮子底下。

他们是典型的金童玉女，男帅女靓。每天下班的时候，我们都能在电梯里碰见他们，璇子挽着她老公（当时还是男朋友）的手，一脸甜蜜。

有时候，璇子会毫无顾忌地指着男朋友身上的穿着说，你们看，这衣服是我在淘宝上买的，这鞋子是我从美国海淘过来的，还有这帽子，是我在徐家汇港汇挑了半天才找到的。

看得出来，她很满意自己的杰作，她不但把自己收拾得光鲜亮丽，还时时惦记着男朋友的穿着打扮。

她男朋友也是满脸笑意，旁若无人地在狭小的空间里和她做出亲昵的动作。

这样的一对璧人，怎么会离婚呢？

璇子说，唉，有些事情你永远也想不到，你们都以为我们爱得死去活来的，怎么会离婚呢？其实没有一个男人是靠得住的。

我当她说的是气话，要知道我也是男人啊。

璇子说，我不是那个意思，我是指人都会变心，没有永恒不变的爱情。你知道吗？很讽刺的是他在我怀孕的时候就找上了别人，我竟然一无所知。

我说，你当初就没发现什么蛛丝马迹？

璇子说，那时候觉得要生一个宝宝了，还有什么爱情比这个更伟大的呢？可是，事情还是发生了，我到现在都想不明白，我们那么好，怎么说跟别人走就跟别人走了呢？

当我思忖着如何劝慰她时，她却已经给自己做了总结，说，我就是太大女人了，什么事都喜欢罩着他，他就像个没长大的孩子，在我怀孕的那段日子，他总是挑剔我没照顾到他。他迟早会重蹈覆辙的，没人比我更懂他了。

无独有偶，阿梅也是离婚后突然向我倾诉的。阿梅是我为数不多的异性知己之一，无论是工作还是私底下的事都会互通有无。

阿梅离婚我倒不是很意外，意外的是她离婚后丢下三岁多的孩子，毅然去了杭州工作。她在深夜打电话来告诉我这个消息时，我骂她，你疯了吗？工作狂，那么小的孩子，你怎么舍得？

阿梅心情有些激动，说，先不要说孩子了，我真的快要疯了，刚来新公司，一无所知，压力大得不得了，快撑不下去了。

我只好安慰她说，要是干不下去，就回来吧，毕竟你还要独自带一个年幼的孩子，孩子这个时候最需要父母的爱。

阿梅说，就因为怕照顾不到孩子，才选择离家近的杭州，这样可以随时回家看孩子。

阿梅是在媒体圈摸爬滚打多年的老兵了，采访过大大小小的明星不下数百人，可以算是阅人无数。

可是，她选择自己的人生伴侣时，却没有那么理智。

阿梅认识当时的男朋友是在一个聚会上，男朋友很是高大帅气，阿梅一眼就看中了，主动要了电话。很快，两人就打得火热，如胶似漆起来。

那时，男朋友刚从外地来南京，没有工作，郁郁不得志。阿梅人缘好人脉广，很快帮他找到了一份同样在媒体圈的工作。

男朋友知恩图报，对阿梅更加地好。那段日子，他们出双入对，羡煞旁人。

好景不长，都说感情有七年之痒，在刚到第七个年头的时候，阿梅就撞破了男朋友劈腿的事实。

她眼睁睁看着男朋友挽着一个女孩的手，走到街的另一边，却站在那里不知所措。她说，她不是不想去拆穿，只是那一刻，她简直不相信眼前发生的一切。马路上车流滚滚，她不停地想，是不是自己看错了，对，一定是看错了。

阿梅为了能挽回男朋友的心，主动跟领导商量减少出差，好多陪陪男朋友。

甚至，她正式向男朋友提出了结婚的想法，男朋友有些迟疑，阿梅只好主动将自己前几年买的房子装修，又买了家具家电，一应俱全，就差男朋友点头了。

在阿梅的再三催促下，双方见了家长，摆了婚宴，昭告天下，终于结婚，阿梅再也不用过提心吊胆的日子了。

然而，就在阿梅生孩子的空当，老公出轨了。

阿梅说，我真是造了什么孽，找了这么一个白眼狼，这个家什么都是我给他的，他却和别人走了，可笑的是，他找谁不行，竟然找的同行，熟人。

阿梅刚离婚的那些日子，是她最难熬的时光。既要处理房产财产的归属问题，又要争取孩子的抚养权，可以说是焦头烂额。

有一次，我们约了一起吃饭，她脸上长满了痘痘，一个劲地说，不能看了，不能看了，毁容了。

我只好打趣她，活该你混成今天这个样子，谁让你以貌取人的。以后再找男人，还是老老实实找个实在人吧。

阿梅苦笑着说，你还别说，最近有人给我介绍对象，还真找了个实在人，实在得我快得精神病了。

我说，你倒是说说看，什么人能把我们见神杀神见佛杀佛的阿梅折磨成这般模样。

她说，就因为总结了前段婚姻的教训，所以欣欣然接受了一次朋友安排的相亲。那个人其貌不扬，看上去也敦厚老实，心想，试试看吧，我已经受不了衣冠禽兽了。

后来，你猜怎么着，我们才见一次面，那人就认定我是他女朋友、未婚妻了。有一天晚上，他在一个嘈杂的酒吧里也可能是KTV里给我打电话，大声嚷嚷着让我过去，说他哥们儿要见我。他当我是什么？那天晚上，我被他气得抓狂，恨不得要报警了。

说完，阿梅哈哈大笑起来，说，你是不是觉得我太着急了，才离婚几天呐，就去相亲了。

我说，你就当是一段插曲吧，这年头奇葩是不少，但好男人也多得是，只是你的真命天子还

没出现罢了。

阿梅没心没肺地笑着，说，我可能再也找不到合适的人了，我可能要一辈子单着了。

前几天去理发，理发店里只有老板娘一个人，我问她，老板呢？

老板娘笑着说，我就是老板啊，你是想问我老公吧？

我点点头，正好这时她的手机响了，她边接听边不耐烦地说，我就是没胃口，但也不想吃辣的，你就给我找点软乎的开胃的东西送过来。

电话那头是一迭连声地叹气，意思是你也不说个明白，这么晚了让我上哪儿给你找既开胃又不辣的食物啊。接着又说，好好好，马上就给你送过去。

女理发师笑笑，说，找个吃的有什么难的，在家什么也不干，不给他找点活，太没存在感。

我突然想起，这家理发店里很长一段时间都支着一个画架，女理发师的老公经常在那里作画，有时候画的是国色天香的牡丹，有时候画的是报晓的公鸡，全都栩栩如生，跃然纸上。

女理发师就在一旁给客人理着发，间或抬头看一眼画架上的画，眼神平淡，没有恍惚，也没有惊喜。

那一刻，我似乎找到了答案。

春生和秋沅

秋沅考入中国美术学院的时候，和其他同学一样，想当然地觉得只要离开原来的地方，来到自己喜欢的城市，人生就会发生很大转变。

杭州就是这样一座城市，她喜欢这里的山水，喜欢山里的古刹，喜欢茶农采茶的光景，喜欢西湖泛舟，喜欢保俶塔的历史传说。她也喜欢这所学校，这所学校近百年的历史，诞生了无数艺术家，他们就像璀璨的群星，吸引所有对艺术有追求的学子相继奔赴至此。

事实上，一切都没有太大的变化，除了身处的环境，面对的老师和同学，自己还是往常的自己，内向，羞涩，仍然喜欢独处的时光。

秋沅不是没尝试过改变，但有些事情并不是努力了就能立竿见影。她一直觉得需要一个契

机，这个契机她自己也说不清楚是什么，更不知道何时才能到来。

秋沅开始参加学生会的一些集体活动，哪怕她在人群中显得有些格格不入，经常被晾在角落里不发一言，但她觉得这是寻找契机的一个落脚点，只要开始了就会有无数种可能。

秋沅是在一次到郊区写生的路上认识春生的，春生不是那种人群中一眼就能分辨出的男生，他的样子非常普通，像极了小时候一起玩到大的某个阿姨家的男孩。他穿着休闲的口袋工装裤，短袖T恤，戴着镜片厚厚的近视眼镜，笑起来眼睛眯成一条线。

春生在车厢里侃侃而谈，说自己去巴黎的遭遇，说卢浮宫里的蒙娜丽莎画像其实是假的，是赝品；说西班牙和意大利到处都有二手跳蚤市场，那里经常可以淘到中世纪的古董级器皿；地中海边的房子并没有我们在海报上看到的那么惊艳，换一个角度会发现其实和棚户区的窝棚没什么区别。

所有的人都扭着头听他说那些发生在异国他乡的事情，虽然这些事情离自己太过遥远，但听起来异常有趣，特别是对于秋沉这样从小城出来、还不曾去过远方的人来说，更是像天方夜谭一样。那一刻，秋沉觉得春生身上闪闪发光，这种光带有某种魔力，秋沉说不清楚是什么感觉，但暖暖的，可以一直暖到心里。

这次活动后，春生就经常出现在秋沉的视野里了，秋沉也很困惑为什么之前并没有注意到春生，而现在却三天两头可以碰见他。那时候，大家不懂什么叫缘分，不知道当开始关注一个人，就会有意无意地向那个人靠近。

春生也一定注意到了秋沉的目光，年轻人的目光是敏感的，小心翼翼的，也是蠢蠢欲动的，只要稍一对视就知道对方眼里的内容，哪怕这些内容只是单纯的笑，但带着光。

春生是主动过来找秋沉的，他知道秋沉做陶艺有一手，他就是在秋沉做陶艺时，被她专注的神情吸引住了。他还是第一次看见一个女孩、一个平时沉默寡言不爱说话的女孩，竟然可以这样专心致志地做着一件很多人看来非常枯燥乏味的事。

春生跑过来问秋沉，你能告诉我有什么秘诀吗？秋沉说什么秘诀？春生说把陶器做得那么美的秘诀啊。秋沉说，哦，这个没什么秘诀，只要想着做好它就行了。你看泥坯、塑形、涂色，这些工艺都需要耐心，稍有疏忽，就是一件失败的作品。

春生憨憨地笑，说我就是做了太多失败的作品，才来向你讨教的呢。

秋沉就说咱们一起做吧，春生就真的坐下来跟着她一起做起了陶艺。

秋沅一本正经地告诉他一些需要注意的细节，春生也一本正经地听着。

做完陶艺，两个人叫了外卖坐在那里吃，这时候春生又开始讲国外的见闻。这些见闻在春生口中说出来没有一丝一毫显摆的意思，在秋沅看来，这种分享是带有诱惑性的，是可以让自己通过想象抵达遥远的国度，那些令人神往的地方。

有一次，春生悄悄地告诉秋沅，给你看一个人的照片吧，春生将手机递过来，里面是一个女孩的照片，似曾相识却又记不得在哪里见过。春生说这是他的初恋女友，因为毕业就彻底分开了，女孩考大学去了北京，而自己来了杭州。

秋沅这才发现这个女孩与自己有几分相似，但她又不便明说，只好打趣说像春生这样的男生肯定有很多女生喜欢吧。春生也不讳言，说已经有几个女孩在主动追求他，但他已经有了喜欢的对象。春生又将手机递过来，说，你看，是不是比初恋还漂亮，她是学表演的，只不过……

春生有点吞吞吐吐，秋沅说你不会是怕驾驭不了人家吧？说这话的时候，秋沅连自己都不敢相信，为什么会这么自然，会毫不介意。

春生说那个女孩一直没有答应自己，虽然自

己想尽了办法，但那个女孩还是无动于衷。秋沅知道，春生和自己一样，需要一个契机，只不过自己等待的是一个改变，而春生却明确地想得到一份爱情。

春生说下周学生会会组织一次乌镇之行，你一定要去啊，这次你一定要帮帮我。

秋沅有点纳闷，虽然每次课业自己都事无巨细地帮他完成，但这次乌镇之行只不过是一次短暂的考察之旅，可以称得上相对轻松。

春生说，你不明白，那个女孩和我说她在十岁的时候做过一件有趣的事，将自己许的愿望放在一个小罐子里，那个小罐子就埋在乌镇的一棵树下。

秋沅听得呆了，这种偶像剧里的情节竟然在现实中就有，她有点不敢相信，说，这种老套路你也相信?

春生点点头，她不会骗人的，我相信她。秋沅看着他坚定的目光，只好答应他到了乌镇会帮助他找那个写着心愿的小罐子。

乌镇之行如约而至，他们到了那棵树下，树的四周是个小小的花坛，秋沅第一次注意到那个女孩，果然长得清丽出尘，这大概是所有男生都会喜欢的类型。女孩指着花坛对春生说，那个小罐子就埋在里面，你要是找到了，我就答应做你的女朋友。

整整一天，其他的同学都相继去了各个博物馆、纪念馆，唯有春生一个人在花坛那里忙碌着。到了下午四点，离约定回程的时间就差半个小时了，秋沅和同学们回到花坛边，发现春生还是满头大汗地挖着土，仍然一无所获。

春生看到秋沅过来，露出求助的眼神。秋沅说，别挖了，这么小的花坛，你挖了一整天也没找到，说明你们之间没有缘分。

春生说，你就别说风凉话了，快帮帮我吧，再过半小时咱们就得回杭州了。

秋沅无奈地蹲了下去，用手扒拉开松软的泥土，她看到一个盖子一样的东西，当经常做陶艺的手触碰到那个盖子时，她十分肯定地认为那就是春生要找的罐子。

秋沅迅速拨开泥土，将小罐子取了出来，朝春生大喊，快看，我找到了。春生闻声跑了过来，一下跪倒在地，哽咽着说，你怎么找到的？我找了一整天呐，你竟然几秒钟就找到了。

秋沅没有说话，她拂掉罐子上的泥土，将罐子递给春生。春生接过罐子，迫不及待地打开，里面是一张泛黄的纸条，上面写着：我在未来等你。

春生拿着罐子和纸条朝大巴奔去，大巴上的女孩听到春生的呼唤，惊喜地捂住了嘴巴。

他们在一起了。春生如愿以偿。还有什么比经过千辛万苦得来的爱情更为甜蜜呢？

以后的日子里，春生还是会把自己的点点滴滴发给秋沅，告诉他自己受的委屈、困惑，还有不解。秋沅看到春生时而幸福时而落寞的模样，不知道是喜是悲。

总有一些人，离自己那么近，却又那么远，她不明白这种情感叫什么，也许答案会有，只是需要时间。

时光飞逝，转眼大家忙着毕业，忙着找工作，忙着四散而去。春生回了南京，而秋沅决意留在杭州，她太喜欢这座城市了，这里的山，这里的水，都是她此生梦寐以求的盛景，她觉得自己完完全全彻彻底底融入这片山水之中了。她内心里清楚地知道，就算有人和她约定去往另一个城市，她怕也是下不了那份决心。

这里有她最美好的记忆。在她荒烟蔓草的日子里，这里有人给她燃起了篝火。

春生还是一如既往地发来短信，告诉她自己的近况。仿佛春生已经把和秋沅的联系当成了生活中不可或缺的部分，而秋沅也早已习惯了这种沟通方式，稍有几天没有春生的消息，倒是生出几分失落。

秋沅一直在等，她也不知道自己在等什么。或许是一个承诺，或许是一句：我可能不爱你，但我不能没有你。但她什么都没有等到。

年少的心啊，总有一份无法逾越的自尊，看似薄如蝉翼，却又像铜墙铁壁。

有一天夜里，春生发来短信说自己摔断了腿，住进了医院，秋沅胸口堵了一下，这一堵让她有喘不上气来的感觉。她知道自己不会再像以

前那样去照顾春生了，她也知道会有一个女孩如期出现在他的病床前。

秋沅的直觉应验了，原本也同样留在杭州的那个女孩听说春生住院了，立即飞奔南京，并辞掉了手中的工作。

过了一段时间，秋沅听说那个女孩和春生结婚了，春生发来了结婚照，他们在颐和路、在玄武湖、在紫金山，他们相拥的样子让秋沅觉得爱情真是一件美好的东西。

而这件东西对于秋沅来说，太奢侈了，太邈远了。前面的无数日子，无数个互诉衷肠的夜，秋沅觉得自己已经把热情都耗尽了，而春生他过得好吗？是不是每天都被幸福包裹、填满、溢出；或是还是像从前那样孩子气，他会向他的妻子发出各种求助吗？

转眼十年过去，秋沅已经在一家设计公司做了主管，经常要全世界飞行，而春生的消息也日渐少了。但秋沅偶尔还能在春生的朋友圈里看到他的样子，慢慢地春生胖了一些，他最近应该过得不错吧。有一阵子又瘦了一些，是不是又有什么烦恼了呢？秋沅只能这么想着，却不会再去主动探问。

秋沅早已不再是从前的秋沅，她变得热情开朗并懂得克制情绪，收放自如。而春生也不再是从前的春生，他不再没心没肺，不再掏心掏肺，眼睛里不再闪闪发光。

他们已经是两个世界里的人了。

秋沅也不是没有去找过春生，那是一次出差，她住在离鸡鸣寺不远的紫峰大厦，那是南京最高的建筑。春生过来看她，说，我带你看看南京城吧，这个和杭州很像、但又很不像的城市。

秋沅说咱们还是去僻静点的地方走走吧，我怕吵。

春生就带着秋沅上了北极阁，那里真的是一个曲径通幽的地方，甚至能听到鸟鸣，他们沿着山路慢慢走着。秋沅发现前面有一座宝塔，春生说那里就是鸡鸣寺，好多善男信女都去那里求姻缘。说到这里的时候，春生欲言又止，秋沅明白春生在想什么，便岔开话题，说这里倒是有些京都的意思呢，山不高却闹中取静，有城墙有寺庙有高塔，这样的景色怕是人间少有。

春生说原来自己的外婆家就住在附近的台城花园，小时候经常跑到山上来玩。北极阁上有国民党元老的别墅，那时候没有锁起来，小时候的他经常溜进去玩耍，也没人管，鸡鸣寺也没有那么多的信众，比现在安静多了。

那一天，他们在鸡鸣寺烧过香，又到了山脚下吃素面，春生突然说，秋沅，我觉得你值得更好的男孩。秋沅知道春生最近过得很不好，迫于家庭压力有了第二个孩子，但还是和自己的妻子、也就是当年他极力追求的许愿女孩分了居。

春生已经不会再像从前那样将自己的心事和盘托出了，但秋沅能从他的眉宇间读出那份忧伤，这是一种无力化解的，别人更无从介入、无法治愈的忧伤。

秋沅有些心疼，但还是笑笑，说，你若安好，便是晴天。这是一代才女林徽因的句子，此时从她嘴里说出来倒是十分地应景。

校庆九十周年的时候，学校搞了场盛大的庆祝仪式，差不多所有散布世界各个角落的校友都回到母校，共襄盛举。

秋沅也不忘着了盛装，那天她和同学们站在学校门口的花坛边，春和景明，微风不燥。秋沅一眼就瞥见了春生，春生从门口的车上下来，穿过铁门，又穿过拥挤的人群，走进绿意葱茏的校园。

秋沅就这么一直看着他，有些匆忙有些跌跌撞撞的样子，直到他走到自己面前。

春生伸出手，礼貌地说：好久不见。

秋沅也伸出手：好久不见。

热河热河

蝗叔一搬回热河路，就挨个儿给我们打电话：来吧，来吧，搞了顿家宴，大家一起来聚聚。

电话里的蝗叔和十年前的蝗叔没什么两样，甚至和二十年前的蝗叔相差也不大。这么多年过去了，他仍然把所有人当家里人一样，不，更准确地说是像家长一样，说话的语气温和但带有明显的不容反驳的意思。

果然，当我们在热河路上集合的时候，发现蝗叔电话里邀请的人差不多都到了。元祖还带了把吉他，元祖的好哥们金子则去对面的饭店搬了箱红酒出来。

我们有些大惑不解，这饭店里的红酒还是可以这样搬的？金子笑而不语，还是元祖心直口快露了马脚，原来是好酒的蝗叔寄存在那里的。蝗叔爱喝酒也懂酒，这么多年来从来没变过。

我们簇拥着进了一个小区，小区是老破小，其实整个热河路的小区都是这种样子，狭窄逼仄，阴暗潮湿，但螳叔喜欢这儿，大家也爱往这儿凑。

螳叔家在六楼，不知道是不是顶楼了，反正腊月天里我们爬得气喘吁吁、大汗淋漓。等到了六楼的时候，全都挤挤挨挨站在门口，连敲门的力气也没有了。

螳叔听到动静推开门，说快进来快进来，饭菜都备好了，就等你们上桌了。我们看见螳叔的脑门更亮了，这让我们想起他以前的一段经历：做和尚。

我们进门，才知道这间屋子有多小。螳叔不以为意，但也看出我们拥挤得别扭，说这屋子虽小五脏俱全呐。果然，屋子里一应俱全，也被螳叔收拾得非常清爽利落。

长条的桌子上已经摆了两盘凉菜，这长条桌既是餐桌，平时也是螳叔写字画画的地方。

螳叔招呼大家坐下，说，你们先开动，剩下的菜得边吃边上才有意思。

螳叔边烧菜边回头跟我们拉呱：你们知道我为什么搬回热河路吗？就图这里接地气儿，美食也多，要不是这里陆续拆迁了，我真愿意一直住在这儿。

诗人小妖和作家越姐相视而笑，越姐捏起桌上盆子里的一枚瓜子，“咔崩”一声嗑开，说，“螳叔，你这几年混得应该不差吧？搬河西去，跟我们做邻居，热河这地儿早已经不是从前的热河路了，逼哥在的那会儿，大家还能凑一块儿，毕竟那会儿小酒馆多，菜场多，还有大桑拿，现在真的啥也没有了，真不能待了，太破了。”

螳叔从厨房里伸出锃亮的脑门，“不不不，这里挺好的，就是你们过来远了点儿啊。”

小妖讪笑，“得了，螳叔，谁不知道你为啥搬回热河路啊，还不是为了秋鸣。”

小妖提到秋鸣，气氛一下子有点异样。大家都安静了下来，越姐适时地唤元祖拿出吉他，说元祖，这菜还没上齐呢，要不你给大家唱一首，就唱《成都》吧。

金子露出一脸的鄙夷，唱什么《成都》啊，元祖可是出过EP的人，有自己的代表作。

元祖没有说话，认真地从吉他袋里取出一把红棉吉他，右手拇指在琴弦上划拉了一下，琴声行云流水般划过指间，划过餐桌，划到每个人的心上。

请允许我轻轻唱
在这美妙的夜晚
谁在热河路的尽头等我
我都不会忘
哪怕时光老了
我也记得你的模样
我们都曾远走高飞
最后还是回到这里
哦，亲爱的姑娘

你说我是长不大的孩子

我说我愿为你永生流浪

越姐听得泪流满面，语无伦次地说元祖你别唱了，姐受不了了，不，元祖，你继续唱，姐爱听。

不知道什么时候，我们看见螳叔早已坐在了桌子的尽头，他托着腮帮，眼神里有几分凝重，又带着几分狡黠。

元祖一曲唱完，指间再度拨动了琴弦。螳叔忽然鼓起掌，所有的人都站起来跟着鼓掌。

螳叔招呼大家，说，吃吧吃吧，今天的食材啊都是我在热河路菜场仔细挑来的，也有从合肥老家带过来的，有机会啊我还得去趟泰州溱湖那边，那边的鱼实在太好吃了，这鱼还是赶不上。螳叔边说边指了指桌上一盆红烧鱼。

越姐尝了一口桌上的鱼，筷子咬在齿间："螳叔，秋鸣最近怎么样了？"

螳叔没有回答，给大家把酒杯都满上，自己却一饮而尽。过了半晌，他从厨房端出来一碗冻凉皮，说你们尝尝，有没有成都风味。

等大家酒过三巡，菜也吃得差不多了，螳叔终于没忍住。他哭了，哭得稀里哗啦，无法控制。

越姐说，螳叔，都多少年了，放下吧。秋鸣要是真的心里有你，就不会去南方。女人啊，心狠起来比男人都厉害。

小妖也说，螳叔，秋鸣后来有消息吗？

螳叔说，秋鸣走后，我一直在找她，我去了大理，去了贵州，还有广州、深圳，去了所有我们之前去过的地方，但都没有找到她。

有人说在深圳碰见过她，跟一个大款在一起。但我不信，我赶到深圳，并没有找到她。也许，她去了她喜欢的地方隐匿起来了，她有多恨我啊。

越姐说，你当初就不应该去出家，你说你好端端的出什么家啊？秋鸣在南京等你那么多年，是个人心都凉了。

大家都知道，螳叔年轻的时候倒卖过磁带，在仓巷摆过摊卖过手串，贫困潦倒的时候在热河路边卖过色情光碟。而他最大的爱好则是喝酒，聚会的时候喝，不聚会的时候一个人在家也喝。

秋鸣出现的时候，螳叔在小酒馆里刚送走搞乐队的一帮人，那帮人离开了，秋鸣留了下来，秋鸣是乐队的主唱。她看见螳叔继续拿着瓶酒，就着一小碟花生米喝着。

秋鸣走过来一把夺过酒瓶，说，老娘就看不惯一个大男人整天喝酒不干正事。螳叔被眼前的女人吓住了，一时愣在那里。半晌才说，你管老子呢，我就是爱喝，你管不着。

秋鸣将一杯酒“哗”地泼到螳叔的脸上，螳叔一下子扑在地上。

就是在那一天，一个叫秋鸣的女人彻底俘获了螳叔的心。螳叔尝试着开饭馆，卖字画，帮秋鸣张罗地下演唱会，也就是在那时候，螳叔练就了一手好厨艺。

就算如此，螳叔仍然没有挽留住秋鸣。螳叔说，他当初选择出家并不是头脑一热，而是秋鸣已经正式提出分手，她要去南方了。

螳叔边给大家斟酒边说，那时候音乐重镇在南方，秋鸣想要有更好的发展，我根本留不住她。

越姐拍拍螳叔的肩说，从今儿起，大家就别提秋鸣这个人了，从此以后，南京的天空下没有秋鸣这个词，来，干杯。玻璃杯的撞击声清脆响亮，像给过去的日子一记耳光。

夜凉如水，螳叔送我们下楼，送我们出了小区，送我们到了种着两棵梧桐树的路口。

螳叔说，你们还记得这条叫热河的路吗？这条路原来有763棵梧桐树，现在只有479棵了，未来的日子里还会逐渐减少。但我们这些人不能少，我们十年后还要相聚在这里。

我们一一打了车离开，看着螳叔的身影立在梧桐树下，虽然他挺直了脊背，但我们还是觉得他越来越像个老人了。

天空之城

陈翔这个名字太普通了，普通到像城市里千篇一律的建筑物，像一棵不知名的行道树，像一个印刷不清晰的路牌。他跳出来和我打招呼时，我还以为是做微商的。

我在脑海里盘旋了一堆面孔，以防误入圈套或得罪朋友。终于，我说你是七年前教我如何找回电脑丢失文件的人吧？

陈翔说，七年前？大哥，你也太健忘了，哪有七年那么长。我们是去年音乐节上才认识的。

音乐节我倒是去过，但绝不是去年，而就是今年。我一拍脑袋，我想起来了，你是到大门口接我的那个小子吧？因为我是节目方邀请所以没有票，你是到门口来接我的。那你记性也不怎么样啊，音乐节是今年，才过了几个月而已。

陈翔说，唉，还真是，就是今年初夏的事情，我竟然记成去年了，时间过得真快啊。不过我真不是到大门口接你的人。

我觉得我们这样继续尬聊下去，要么我们是失散多年的亲人，要么是压根就不认识的路人。

陈翔接着说，我告诉你吧，我们是在回城的大巴车上认识的。你再回忆一下。

我想了想，音乐节在远郊的一个风景区，离城区有几十公里。去的时候就被提前告知私家车不能进入风景区，需要停在景区几公里的地方步行过去，所以我不得不乘音乐节专用接驳大巴过去。

回来的时候下雨了。对，雨越下越大，当时赵雷刚刚唱完《成都》，台下摇曳的荧光棒还在放着光，因为雨幕的原因，有种难得的罗曼蒂克气氛。

接下来就是“逼哥”李志出场了，因为他是整场演出的压轴，赵雷谢幕时还特地说自己运气好，雨下大了自己也结束了，接下来的“逼哥”可就惨了。

果然，主持人报完幕后李志迟迟没有出来，起初我想雨这么大不出来也情有可原，但时间一分一秒过去了，等到快过十分钟了，他仍然没有出来，台下开始有人说这是很多演出惯用的伎俩，他这是故意吊人胃口呢。

李志终于还是出来了，但雨似乎也越来越大了，很多人因为没有雨衣开始撤离，依依不舍的样子像是和恋人告别。我也夹杂在人群里，随着人流往门口拥去。

回头看时，台下的观众越来越少，李志日益臃肿的身躯在台上一顿一顿地唱着那首烂大街的《天空之城》，“港岛妹妹，我们曾拥有的甜蜜爱情，疯狂地撕裂了我，天空之城在哭泣”。我看天空确实哭泣得不行了，而他还要继续唱下去。想想做一个歌手真不容易，碰上好天气还好，碰上这种孬天气也算是见了鬼了。

终于七拐八弯在景区侧门找到了大巴车，却发现雨慢慢地小了，地上积了很多水坑，人要不停地翻转跳跃才能免受脚被打湿的悲剧。

很多人开始惋惜，说千里迢迢跑这里来就是为了能见到“逼哥”，结果一场雨就把自己给逼走了。看来人都是一样的，在情怀和保护自己面前，义无反顾地选择保护自己。

上了车，位置差不多快满了，整个车厢因为下雨的原因，湿漉漉的，空气异常黏稠。在昏黄的路灯照耀下，我发现只有车门口的一个位置还空着，里面坐了一个精瘦的小伙子，看见我坐过来笑了笑，身子往座位里面挤了挤。

我这才发现车上坐的都是年轻人，有结伴同行的也有孤身一人来的，总之每个人脸上都写着故事。

他们叽叽喳喳地谈论着今天的演出，有人说最后能看到“逼哥”出来总算值了，有人说我从广东一直追到南京，就为听“逼哥”唱现场，也有人说能看到赵雷也不错，赵雷可真有孝心，去哪开唱都把他爸带着。于是有人开始八卦起赵雷来。

我坐下来，旁边的小伙子前后看了一眼就开始脱衣服，他迅速把身上仅有的一件T恤脱下来塞进了包里，又从包里找出来一件T恤换上。

看来他也是为了等“逼哥”出场淋到雨了。

他边穿边朝我笑，有点感谢我替他挡着的意思。穿完衣服他扭头问我，你也是来看“逼哥”演出的吗？

我点点头又摇摇头，我说我就是来感受一下现场，不像你们年轻人这么狂热了。

小伙子说，我也是，不过我喜欢民谣，只要南京周边有音乐节我都会去看，“逼哥”嘛，喜欢很多年了，上大学时就喜欢了。不过今天“逼哥”出来得也太晚了。我为了看他的演出都没去上海面试，南京太难找工作了，几个要好的同学分别去了深圳和上海，他们让我也去上海碰碰运气，但我实在喜欢南京，只有南京有这么多文艺的演出。今天一早我就到处打听哪里有票卖，可是我发现票早就卖光了，今天我可是买的黄牛票，为了他我真是拼了。

我说你还挺细心的，知道有雨带了衣服。他说，我是习惯了，因为喜欢健身，所以包里总会放一件换洗衣服。我这才想起他刚刚换衣服时露出的腱子肉，显然是用心练过的。

我们一路上就这么聊着，他说自己虽然是个理工男，但喜欢文艺的东

西，平时喜欢练练吉他，偶尔也写写文章，最喜欢听民谣。不过还是把更多的时间给了健身，后来发现健身真的容易上瘾，他的偶像是具贤浩。要是练到他那样就心满意足了。

虽然我不知道具贤浩是谁，但可以想象一定是个神话一样的存在，就像我们小时候看到施瓦辛格一样。

他说，你知道我为什么这么爱健身吗？他说这话的时候有些促狭，像是要开一个无伤大雅的玩笑。

我说你是怕精力无处释放吧？

哈哈哈，他大笑起来，说你说得也有道理，不过我健身是为了自信，你不知道我以前有多内向，看见女生就会脸红脖子粗。健身以后开朗多了，对，还有我也喜欢参加各种活动，特别是这样的音乐节，每场都要去看。我最大的愿望就是能尽快有个女朋友，可以带着她去遍所有的音乐节。

大巴车很快到了南站，我们相继下车，我急着找出口换乘，突然他像发现新大陆一样追上来大喊，你的鞋子和我一模一样呢，都是小众品牌，我健身都是穿这种鞋子，我们真是有缘啊。

我笑笑说，再见啊。他突然走过来说加个微

信吧，我看你就很文艺的，一定是文艺工作者。我自己做不到，但不代表我不喜欢。

我说好啊。

他就是陈翔，我标注的名字，只不过现在他将名字改成了陈岵，估计最近他又喜欢马岵的歌了。

陈翔说，你终于想起来了，你原来还是个作家呢，我买了你的书，但没有读。

我说你都不读跟我说什么呢?

他说我把书送人了。

我说挺好的，送人玫瑰手留余香，送书也一样。

他说，这才是我要跟你说的重点，我把书送给我的女朋友了，我恋爱了。

隔着屏幕我都能感受到他的心跳。他继续说，这样，我就有更多理由留在南京了。她喜欢读书，我觉得没有什么比送书给她更能表达我的爱意了。

听到他这么说，我的心里竟然热乎乎的，像在这冬日里喝了一碗羊肉汤。

周粥的虾酱

这个世界上只有两种人，一种是胖子，一种是瘦子。胖子的世界瘦子不懂，瘦子的世界胖子也是一无所知。他们属于平行世界上的两类人。

但总有一种叫缘分的东西，让平行世界有相交的时刻。周粥和我就属于这两类人，他是百年一遇的胖子，我是千年修行的瘦子。自从我们有了相交的机缘，他便留在我的世界里不走了，整个中学时代他都形影不离，就像从哈哈镜里看到一个另外的我，又像夕阳西下时水里的倒影，肥硕一池春水。

对于周粥的停留，我有什么办法呢？他就像从天而降的陨石，显然是人为搬不动的。我能容忍他出现在我的世界，却没办法容忍他在我的世界走来走去。

当他又一次像如期抵达的集装箱一样，停靠在我的座位旁边时，我适时用鄙夷的眼神斜睨着他。周粥并不气馁，坚持十二分的笑容和百分百的殷勤问我：去小卖部啊，我请客。

他的笑带着三分谄媚，七分讨巧，像蓄谋已久。

那时候我成绩很好，大家都知道的，成绩好的学生就像有了通关文牒和免死金牌。总之，每一个成绩好的学生都自带光环，就像磁石一样，老师关照，同学喜爱。

只是，最让我无法理解的是最先靠过来的人不是“学霸”，也不是“班花”，而是周粥，论他的体积和吨位总该是迟钝的，是晚开的花，是陈年的酒，是姗姗来迟的邮车。可是他就没有一丝顾虑没有一丝防备就这样出现了。

我认为自己的目光还是有一定杀伤力的，当我再次抬头斜睨周粥时，发现他仍然站在那里，站成了一棵会笑的树。

我只好缴械投降：好吧，我今天想吃薯条。

初中三年，准确地说是两年，因为我是插班生，这个学校对插班生总是特别友好，当然也有可能是我的误会，他们对谁都挺好。这两年，几乎所有的课间休息时间周粥都会来找我，没有其他的事情，就是单纯地约我去小卖部，而且承包了所有的费用。

我知道周粥家境富裕，可能是从小营养太好了，成了学校里少有的胖墩。胖墩在集体环境中多数是遭人嘲笑的。那时候我已经在班级里参与了一个四人小组织，都是学习好、颜值高的代表，用现在的话可以叫F4，但因为周粥的介入，其他三个人很快就和我分道扬镳。

我能有什么办法呢？铜墙铁壁也厚不过周粥的脸皮，就算我采取了迂回、退让、激怒等多方战术也无济于事。

行，你赢了。我是这么对周粥说的，农村包围城市，美食包围肚皮，既然你愿意每天填饱我的肚子，拯救我饥饿的灵魂，那我就勉为其难吧。

那时候特别流行拉郎配，好像你都要发育了，总该有个女朋友吧。某些已经处于青春期的“八婆”们满面桃花，双峰微颤，但绝不手软，她们会瞅准时机，挖空心思去查看，去打探，不择手段，任何蛛丝马迹在她们眼里都是惊天动地的新闻头条号外，她们的宗旨是宁可错杀一千不可放过一个。

对于那些迟钝晚熟的同学，她们会采取拉郎配的方式，无中生有。你愿不愿意、有没有都没有关系，只要你在她们的语境里和他人相爱了就行了，就传为佳话了，就在她们的幻想里出双入对了。

我就是这样被拉郎配的，我还是通过周粥才知道我“恋爱了”。他跑过来问我的时候，我感觉到地面的震颤，我敲了敲课桌：“你能轻一点吗？人类都要失去地心引力了。”

周粥嬉皮笑脸地说：“就算地球失去公转，你也是我的太阳啊。”

我说：“我要是太阳你就是烤乳猪，有话快讲有屁快放。”

周粥趴到我桌子上，压低了声音说：“你真的和‘校花’在一起了？”

我笑着回他：“你就想知道这个？”

他被我的笑弄毛了，说：“这不是我今天的主题。今天的主题是我想去你家睡。”

我打了一个激灵，说：“你确定？”

他点点头。

我咧了一下嘴：“你做什么春秋大梦呢！”

周粥堆满肥肉的脸又凑了过来，说：“真的，我爸妈常年在外面做生意，我一直和奶奶生活，但是现在连她老人家也去世了。”

我突然不知道怎么回答，只好低着头当是默许。我记得老师提醒过我，要对周粥这样的差生起到帮扶作用。从前我还在内心里抗争：他哪里差？他都肥得流油了，你们考虑过我们这种瘦骨伶仃的人的感受吗？但是现在，面对周粥皱得像包子褶的脸时，我只好又一次缴械投降。

我从没有想到周粥不但嘴甜，还会做家务，甚至会烧菜，害得我被我妈一顿数落。你说你一个胖墩，好好吃饭不行吗？还会自己做，你让我一个三好生脸往哪儿搁？

我们做完作业洗漱完毕爬到床上时，已经十点多了，周粥边脱衣服边问我：“你们家都不看电视吗？”

我说：“不看啊。”

周粥说：“电视不看多可惜啊，我每天都看到半夜。”

我说：“明天还要上学呢，别看了，睡觉吧。”

周粥顺势躺下，一把抱住我，说：“可以抱着你睡吗？”

我一把拉开他的手，说：“你给我老实点，我从小就不吃肥肉的。”

我把灯关了，黑暗中，周粥窸窸窣窣地，我也翻来覆去。终于，空气中传来周粥幽幽的声音：“你发育了吗？”

我不耐烦地说：“你思想不端正啊？”

周粥说：“我正经问你的，前一阵我不是从我姐夫家拿了本性教育的书给你吗？你到底看了没有？”

我说：“没有，你姐夫怎么会看这种书啊，他可是人民教师，人类灵魂的工程师啊。”

周粥说：“你别说这些大道理，我就问你看了没有？”

我“嗯”了一声。周粥就发出一个幽幽的声音：“快告诉我有没有发育？”

我说你滚开，小心我连夜把你赶走，从此变成一头伤心的流浪猪。

考高中的时候，周粥果然留了级，等我上高二，他才上高一，我记得他来报到的那天有些兴奋，但不再像以前那样嬉皮笑脸了。

他从一楼气喘吁吁地爬上来，将一罐虾酱递给我，说：“给你的，我妈从南方带回来的，尝尝看。”

那天中午我用那罐虾酱佐餐，有种说不出的滋味，虾酱很是鲜美，但我一直在想这一年多究竟发生了什么，周粥似乎寡言少语了，这还是从前的周粥吗？

知道我由衷地赞美虾酱的美味后，我每周都能定时收到一罐虾酱，虾酱的包装上并没有名字，就是一只透明的玻璃瓶，装着美味的豆瓣酱和几只更加美味的虾，看样子是经过精心烹制的。我无从知晓食材的来源，但却是我记忆里吃过的最好的虾酱。

高中的生活紧张而忙碌，特别是到了高三，可以用暗无天日来形容。有一天，我妈实在看不下去了，说你过来帮我修剪阳台上的花枝吧。

我拿着剪刀一边修剪一边想：如果人生也可以这么修剪就好了，可以修掉太多的旁枝末节，直达内心最渴望的部分。但事与愿违总是占了上风，我们大多数时候都是庸碌的、琐碎的，也许这就是成长的代价，只有翻过山蹚过河的人，才会明白才会懂，才会参透，才会彻底放下。

这时候楼下响起了锣鼓声，我妈说：你知道吗？你那个同学，很胖的那个，他去当兵了，喏，楼下敲锣打鼓的就是为他们送行呢。你晓得他为啥当兵去吗？他父母出事咯。

我一把扔下剪刀，跑进房间，用枕头捂住耳朵，可是外面的锣鼓声并没有消失，那些声音异常的嘈杂，像露天电影院开场时的声音，又像赶集时的市声，既热闹又刺耳。

第二年我也跟着锣鼓声去了遥远的北方，我知道周粥去的是南疆，与我隔着四五千公里的路程，差不多是莫斯科到巴黎两倍的距离。

我们没有任何联系，像从未认识过的人，像寻常的同学离散，像行星重新回到自己的轨道。

雨只下在它自己的声音里。

我们不会衰老的，

钟只走在它自己的脚步里。

多年以后，我回到熟悉的城市。有一次我有急事出门就叫了辆专车，手机上跳出一个熟悉的名字：周粥。心想除了那个胖子竟然还有人敢用这个名字。

等专车停到路边，车上下来一个孕妇，我下意识地去搀扶，车窗摇了下来，一个大大的脑袋露出来，说：没事的，她是我老婆，皮实着呢，上车吧。

脑袋看见是我，相视而笑。

车开得很慢，我并没有催促。

一路上周粥向我诉说着陈年往事，说：现在的老婆也是开专车时认识的，算是同行，下了夜班就到家里一起做饭吃，我最拿手的就是虾酱，她最爱吃了。

我问他：你怎么会叫周粥啊？你可一点不像喝粥长大的样子。

周粥转过脸，是多年前嬉皮笑脸的样子：因为白粥佐虾酱是绝配啊！

PART 5

愿用百年孤独，换你来生安度

南京病人

双鱼座小林越来越有双鱼座的趋势了。

我之所以说这句废话，是因为小林开启了我对星座的研究兴趣。小林第一次见到我就问我，你是什么星座？我想你一个大男人聊什么不好，聊什么星座啊？聊祖国的繁荣昌盛，聊经济的发展腾飞，聊航母的下水、卫星的发射，再不济聊你最爱的足球也行。

可是，你跟我聊星座，是不是有点太粉红少女心了？

但是，小林振振有词地对我说：大哥，我是86年的。

好吧，你都用年龄优势来压迫我了，我还能说什么呢？聊星座就聊星座吧！于是，小林就把自己的故事讲给我听，99%是他和前女友之间发生的事情。

他说，你知道吗？我们在一起五年，都是我迁就她。刚认识那会儿，我们都很穷，我把第一个月工资给她买了个Coach的包，当时觉得好贵啊，下个月饭都吃不起了，但我义无反顾。

他说，你知道吗？有一次我发高烧，快要虚脱了。她突然想见我，我马上打车去她家，知道她想吃水果，大夏天我买了个大西瓜从一楼爬到六楼送给她，她看见我笑了，我的病似乎也就好了。

他说，你知道吗？她脾气非常不好，闹起来可以不顾死活，可以拿刀要挟，她是女侠客，我是真书生，我惹不起啊。我们分分合合好几次，她都是以死相逼。

他说，你知道吗？我们分手四年了，我们谁也没再谈新的恋爱。

我说我不知道知不知道你说的你知道不知道，你说了我才知道你说的知道不知道。

他继续说，你知道吗？我可能，不，我已经确诊得了抑郁症了。说着，他递过来一张脑科医院的会诊单，对，就是南京著名的随家仓脑科医院，单子上面写着中度抑郁。

他挠了挠头，说，我要疯了，完全没有自

我了。有几次我站在高楼上，看着下面车水马龙的，很想跳下去。

我说你别别别，你是86年的，太年轻了，我都还没跳呢，你可不能跳。

我把桌上的菜单压在他的会诊单上，说，今晚吃什么？我请客。要不咱们吃小龙虾吧，这时候刚上市，最得劲儿了。

小林摇摇头，你随便点吧，我什么都行。然后又说，主要是没胃口。接着又说，你知道吗？今天是我们分手第1461天，也是她的生日。

我拿起菜单的手停了下来，我看到他的手在距我不到20厘米的地方抽搐，可能他也不想这样，故意用另一只手卡住了这只手，像在和自己的命运对抗，像试着和自己握手言和。

我终于点完了菜，菜也陆续上来了，我说你吃一点吧，身体不能搞垮了，搞垮了就真的什么都没有了，就没机会聊星座了。

他说你吃吧，我真的吃不下。他真的瞪着一双眼睛看着我吃，我说我也吃不了多少，这可都是为你点的，你的C位不能永远被别人占着，你也得为自己活一次。

看着他一脸愁苦的样子，我的心也软了下

来，苦口婆心像个老太太一样劝说他：“你就不能跨出一步，委屈自己一次，再试一次，能复合最好，不能复合也算是死了这条心了。”

他说，“不可能了，要复合早复合了，我就是放不下，怕没人对她这么好了，谁能忍受她的脾气呢？谁能比我更懂她呢？”

我还能说什么呢？你都病入膏肓了，就算华佗再世也救不了你了。你说你这么暖，怎么就把自己虐成了狗？

他是这么回答我的：“你知道她是什么星座吗？天蝎。我真的是被天蝎套牢了，我这辈子也不要和天蝎女谈恋爱了。”

我说你是这辈子死活也逃不掉天蝎女的手心了吧！

他一拍手，还是你懂我。要不，给我来点小龙虾吧，哦，来两斤。他突然两眼放光，像从另一个平行世界里刚刚抽离，穿越了回来。

小龙虾很快就来了，满满两大盘，这次轮到我看他吃。他边剥小龙虾边说，你也吃啊，这么多我一个人怎么吃得下。

慢慢地，一只盘子空了，过了一会儿，另一只盘子也空了。

小林边擦手边咂嘴，天哪，我竟然把两斤小龙虾吃完了。实在太不好意思了，我竟然一个人吃这么多。

没事，改天你请我吃面条就行。今天是给你治病，也是给你前女友庆生。

果然，几天之后，小林就把车开到楼下，说你快下来吧，我们一起去吃皮肚面。

小林是正宗的老南京后裔，哪里的板鸭最地道，哪家的烧饼最酥脆，哪里的馄饨最滑溜，哪家的牛肉锅贴最香浓。他是张口就来，说走就走。

我们到了新街口估衣廊的一家皮肚面馆，门前已经排上了队，里面挤挤挨挨坐满了人，就连墙角也被老板钉上了十几厘米宽的小“吧台”，仅够放一碗面的。

终于轮到我们，小林抢着去买票，我只好在墙边占了个位置。小林买完票说，你等着啊，面条得等会儿，我出去宰半只鸭子，对面就是老字号。

我点点头，心想果然是个吃货，吃面就吃面，连鸭子也不放过。但面条并没有要等一会儿，而是很快就来了。皮肚面的确地道有嚼劲，我三两口就吸溜完了，还端起碗喝了几口汤。

吃完我百无聊赖地坐着刷朋友圈等小林，旁边等位的客人都向我行注目礼，心里一定把我骂了一千遍一万遍：海可枯石可烂，为什么你还不走？

终于，小林回来了，手上并没有鸭子。我说你并没有去买鸭子吧？你是去前女友的公司门口了吧？这会儿是下班的时候吧？

小林摊摊手，说，人艰不拆！

穿过北京地铁的忧伤

人的际遇总是喜忧参半。

比如刚刚被卷入一场权力争夺战中，就接到了北京的一纸借调令；比如前几天还听说北京正被雾霾笼罩苦不堪言，现在却艳阳高照晴空万里；再比如出了北京站才发现地铁因为备战奥运被封，出租车站排起了长龙，但走过去一点的公交车上却空无一人。

季默阳惶惶然刚踏进车厢，就听身后一个女孩气喘吁吁地跟了上来，说："能借您电话用一下吗？"

季默阳愣了一下，环顾四周，除了女孩和自己，车厢里空荡荡的，也没有别人，连拉环都保持静止状。

确信她是在跟自己说话，季默阳回过了头。

女孩有着典型北京大妞的特征，高高扎起的马尾辫，露出的额头上沁出细密的汗珠。她用眯起的眼睛大剌剌地看着季默阳，一点也没有畏惧的神色。

季默阳坐到一个位置上，她跟着季默阳坐在了季默阳后面，说：“能借我用一下吗？我出门急，手机应该落在我姐姐家了，能让我打一下看看吗？”

季默阳没有转身，直接将手机向后伸了过去。

“谢谢啊。”她接过手机迅速拨了出去，“喂，喂，姐吗？手机是不是落你家了。噢，噢，太好了，可吓死我了。不说了啊，我借别人手机打的，回头记得把手机带给我啊。”

她打完电话，将手机递还给季默阳，说：“您这是去哪儿啊？我帮您刷卡呗。”

季默阳说：“不用了，一会儿我自个儿买票。”

她继续说：“那哪成啊，借您电话用了，忒不好意思了，帮您刷卡也是应该的。”

说完，她跑到中间公交的连接处，叮的一声，接着又叮的一声，连刷了两次。然后跑回来，继续坐到了季默阳的后面。

她趴在季默阳身后的椅背上，问季默阳：“您这是来出差吗？还是上学啊？”

季默阳说：“我是借调到这边工作，才一年。”

“哦，借调？那您是在哪个站下车啊？”

季默阳没回她，眼睛瞟向了窗外，隔着窗玻璃，外面的嘈杂仿佛静音了一般。他们好似被隔绝在尘缘之外，女孩的声音也变得尤其清晰。

“您别误会，我只是想知道您在哪个站下，好帮您刷卡。现在北京的公交卡呀，上车刷一遍，下车还得刷一遍。”

季默阳只好回她：“魏公村。”

“啊，那我们还真是同路呢，我到安河桥。都是往海淀那边儿去的。”

都是坐同一辆车，可不就同路吗？心里想着这女孩说话挺有意思，但他并没有心思与她对话。

季默阳的思绪还沉浸在原单位的人事关系上，因为各种角力，季默阳毅然选择了借调到北京。无论如何，新的生活方式都会为自己重新开启一扇门，哪怕前路充满了迷茫和挑战。

车子启动，过了崇文门，过了前门，过了复兴门，车上的人开始多了起来。

她一直都在寻找着话题，“北京很大，但我家是郊区的，在百望山那边，您知道吗？那是北京的北郊了。”

“前两年姐姐嫁到了北京站附近，就隔三岔五过来玩儿。”

“您看，复兴门桥，西直门桥，北京的桥也忒多了，但都是公路立交桥，下面不是河流，而是车流。”

“哦，您去魏公村，那里不是部队大院吗？您不会是兵哥哥吧？”

“您知道吗，百望山那边也有好多部队，我经常能看见他们出来买东西，穿军装的人可真神气。有一次……”

车子经过车公庄，季默阳已经快要迷迷糊糊睡着了，但她并没有打算停止说话的意思。

车到动物园的时候，她直接就把季默阳拍醒了，“嘿，嘿，您快瞅瞅，那里就是动物园，您知道动物园吗？虽然大家都说去动物园，其实并不是真的去动物园看动物，是去动物园对面的服装批发市场，女孩儿尤其喜欢去那里淘衣服，便宜着呢。”

“哦，对了，我该下车了，我得在动物园换车。”

“还有，我会跟前边儿的售票员说一声的，我先帮您把下车的卡刷喽，免得到时候她不让您下车。”

她匆匆忙忙地跑到车门口，和售票员嘀咕了几声，又回头跟季默阳喊：“我下车了，谢谢您的电话。”

季默阳以为这是一次普通得不能再普通的萍水相逢，剧情俗套到不能在记忆深处留下烙印。

季默阳的生活也因为需要重新适应新的环境而变得忙碌起来，突然没有了钩心斗角、人事纷争，季默阳一时无所适从。每天，季默阳都想尽办法把时间排得满满的，他去对面的理工大学跑步，去民族大学看演出，去人大听讲座，甚至跑到德胜门的

解放军歌剧院看话剧《罗密欧与朱丽叶》。

偶尔，季默阳也会坐着来时的那班公交车去北京站，看人来人往，收集一些创作素材。

每次从崇文门下车，季默阳都会不自觉地想起那天遇到的女孩，她有些高耸的额头，微沁的汗珠，还有她连珠炮似的说话方式。

看着人海中每一个与她相似的身影，季默阳哑然失笑，自己这是怎么了，一个毫不相干的人，竟然就此刻进了自己的脑海。

一晃两个多月过去了，夏天也像一个调皮的孩子，来得快走得也快。季默阳的创作进入了一个从未有过的旺盛期，他欣喜于这种极佳的状态，常常对着窗外笔直的杉树敬礼，为自己加油鼓气。

也就是在一次文章获奖后的黄昏，季默阳意兴阑珊地在窗前发呆，那个女孩竟然给他来了电话，“喂，是兵哥哥吗？您还记得我吗？”

季默阳有点慌张，“嗯”了一声，手机差点掉到了地上。

她在那头激动地说：“啊，谢谢您还记得我，我叫董漾，我又来北京了。”

季默阳又“啊”了一声。心想，她不就是北京人吗，怎么说又来北京了。

“我在304医院呢。”

“啊，你是病了吗？”季默阳突然有些担心起来。

“哦，没啥，就是有点小毛病，过来看看，顺便去我姐家。我姐生了个小外甥，别提多可爱了，我得去看看。”

“我过来看看你吧。”说出这句话，连季默阳自己都吓了一跳。

在医院门口，季默阳见到了久违的北京女孩董漾，她仍然扎着马尾辫，只不过头发似乎稀疏了许多。

季默阳说："你还好吗？"

董漾只是站在那里，一句话也不说，笑容在她脸上洋溢着。初上的街灯下，她全身发出暖暖的光。

季默阳说："我请你吃饭吧，这里有一家不错的涮羊肉，你们北京人不是都爱吃这玩意儿吗？"

董漾脸上的表情有些异样，但很快，她的招牌笑容掩盖了一切。

她点点头，说："成，今儿跟您混。"

那天，她一直捧着腮帮子，安静地坐在那里看季默阳吃。季默阳说："董漾，你也吃啊。"

她头摇得像拨浪鼓，说："我不吃，我就想看着你吃。"

季默阳看着她一脸娇羞的样子，叹口气说："你都瘦成这样了，还不多吃一点，别弄得你姐姐以为我虐待你似的。"

"我姐姐？她才不会管我呢，嘿，对了，你怎么管教起我来了？还真有点教官的样子呢。"

季默阳愣了愣，夹起一块羊肉送了过去。

她一扭头，大叫一声："我不吃！我真的不吃！"然后哈哈大笑起来。

那天，季默阳送她走，从魏公村走到了人大，走到了黄庄，走到了中关村，董漾说：“您回吧，都走这么远了。”

季默阳说：“没事，我都习惯了，走再远也不累。”

董漾说：“您这是要跟我一路走回去吗？我家可远了，到安河桥还得换车呢。”

季默阳说她：“这么远，可得小心了。”

“没事儿的，你看我这样儿，歹徒还不得靠边儿走哇。对了，北京地铁四号线就要通了，以后就能经常过来看你了。”

季默阳点点头，送她上车，看着公交车远去，渐渐成了一个黑点。

夜深人静，季默阳也变得慌不择路，跌跌撞撞。但好歹，季默阳认识了董漾，一个可爱的北京姑娘，就好似夜路中找到了一盏明灯，一下子照亮了整个北京的夜。

时间像流水一样，永远也不知道它流向何方，但我们仍然要孤独前行。

那个叫董漾的姑娘，再也没有来过电话，季默阳只能像怀念一方水土、一枚信笺一样怀念她。

奥运会过后，来北京旅游的人更多了，街上到处都挤满了人，但没有一个是董漾。

季默阳想过打电话给她，想过给她写信，但他终究什么也没有做。年轻，让自尊胜过了一切，也错失太多美好。

再次获悉董漾的消息，是在2009年的春天，季默阳从老家过完春节回到北京，也要正式与北京做一次完美的告别。

季默阳感激这段短暂的岁月让他有了稍息的安宁，让他重新找回了自信。如果说有遗憾的话，就是刚刚萌动的爱情，可能就这样无疾而终。

还记得那天晚上，董漾说，北京太大了，如果有一天，你找不到我了，就到安河桥来，那里的桥真的有水，水中有我的影子。

季默阳并不懂她话里的意思，只是笑着看她的脸，她的脸在路灯的映衬下没有那么苍白，额头光洁，眼神明亮。季默阳说：“董漾，如果有一天，我离开北京了，你会来找我吗？”

董漾昂起头，说：“你要去的地方，一定很美，如果有那么一天，我会去找你，就像你一定会来找我一样。”

董漾的话突然充满了哲理，一点也不像第一次遇见她的样子。

季默阳被她的多面牵引着，走了一程又一程，仿佛夜是永恒，路永远也走不到头，而他们也把这辈子的话都说完了。

董漾的电话来的时候，季默阳正在收拾行装。看到窗外的杉树重新焕发了生机，丝丝的绿意像伸出的致意的手。

原本，季默阳打算收拾完行李，就坐上北京新开通的四号线，去安河桥，去看看桥下的水，去听听百望山的风声，因为他们有过约定，董漾会在那里等他。

对，这也是一次告别，当然，也可能是一种重逢。不管怎样，季默阳会以一种特别的仪式给这段缘分一个好的结局。

电话响了三下，季默阳迫不及待地接听。电话里是一个与董漾相似的声音："喂，您好。"

季默阳回她："您哪位？"

"我是董漾的姐姐，董漾走之前有句话让我捎给您。"

"董漾，她去哪儿了？"

"她，她去一个很远的地方了。"电话那头啜泣起来。一种不祥的预感袭来，季默阳手上的行李"啪"地掉到了地上。

"她说，感谢你给了她爱的感觉，在她生命最后的时刻。"

季默阳捡起地上的行李，跌跌撞撞地走出去，不远处就是新开的四号线。季默阳走进去，大厅明晃晃的，异常刺眼。人们争先恐后地进站，拥挤成一条条长龙，他们的脸上写着疲惫，也写着忧伤。

地铁呼啸而来，他想起电影《太阳照常升起》里的台词：阿辽沙，不要怕，火车在上面停下了，他一笑天就亮了。

站台上亮如白昼，可为什么自己的眼前一片黑暗呢？季默阳想不通，也不再去想了。这个世界上有太多的问题没有答案，也不需要答案。

看到地铁的箭头指向安河桥北，董漾说过那里有水，有着北京少有的河水，河水里有她的影子。

地铁来了一辆又一辆，季默阳终究没有勇气踏上去。

地铁拉近了人世的距离，却拉不近隔世的缘分。

也许，最好的告别，就是不辞而别；

也许，最好的纪念，就是不如怀念。

谁会爱慕你的美丽、假意或真心

知乎上有个大学女生发出询问，说实习的时候认识了一位中年领导，事后因为求教过职场经验，中年领导便对她百般呵护，并以征儿媳的借口认女孩做了干女儿。领导对她时常嘘寒问暖，关心学业，有事没事发个红包，在女孩丢了钱包后给予慰问。前段时间，女孩没钱花了，中年领导以干爹的语气直接劝她好好学习把兼职辞了，要多少钱他负责给。

听上去，女孩真是命好，摊上一个好干爹。从此，前景光明，一路坦途了。好歹女孩还算是个明理人，虚荣心是有一点，但起码知道非亲非故，无事献殷勤非奸即盗，便上网咨询大家的意见。

果然，评论清一色地提醒女孩要当心，中年

男人到了一定年纪，孩子大了，事业有成，有钱有闲，难免蠢蠢欲动，想入非非。也有人劝她，如果真的把她当干女儿，完全可以让双方的家人认识一下，就不用担心中年男人有非分之想了。

这件事让我想到前一段时间的一次饭局，那天饭局上也是几个中年男人，包括我。因为都算是人到中年，多少了解这个年龄段的男人心事。

果不其然，其中一个男的带了个年轻女孩出现，说是自己教过的军校学生。这个女学生之前我也见过，倒是一个非常理性的女孩子，已婚，说话也是直言不讳，但多少有些文青气质，喜欢和做文化行业的人的混在一起。

只是因为兴趣而走到一起，想想也无可厚非。

几个男人也许就不是这么想了。他们或和生活中很大一部分中年男人一样，只要参加饭局，都想当然地会找个女性朋友作陪，最好年轻一点颇有姿色的，会左右逢源的，这样才觉得有面子，席间还要调戏几句，在言语上占点便宜才算是真的酒足饭饱，心甜意洽。

酒还没过三巡，女孩说起一件事，说是当年上军校的时候，有个女同学为了能经常请假外出便和队长发生了性关系，后来女同学把事情捅到了学校领导那里，结果队长被迫提前转业，而女同学也被开除了。

女孩说，这位女同学当时怎么想的呢？她当时可是有男朋友的啊，为什么还要和队长发生性关系？难道真的仅仅是为了能外出方便？

有人回答她说，可能这个女同学精神上有点问题，有人说可能女同学开始只是以身体作为交换的条件，后来日久生情，但队长有家有室不能承诺她什么，于是女同学便以死相威胁，继而告发，两败俱伤。

也有人说十七八岁的女生，在一个相对封闭的环境里，加上十分糟糕的性启蒙教育，让她觉得用身体去交换并没有什么不对，甚至觉得这种交换给自己带来了太多的便利，只是当交换不能给自己足够的支撑时，便会激发内心的报复心理。

女孩似懂非懂地点点头，说，或许你们男人的理解更准确一些，那时候大家都小，还不懂什么是真正的感情，只是想当然地用青春去赌，却不知道最终伤得最深的还是自己。

说到这些，气氛有些凝重，便有人开起了一个当过军校老师现在是公务员的玩笑，公务员是那种典型的国产帅哥形象，国字脸，浓眉大眼，一脸正气，也不是那种特别会说话的人。

他们都假装有些不怀好意地问，你长这么帅，当初也一定有女学生主动投怀送抱吧？

公务员先是不置可否，然后摸摸后脑勺说，你们还别说，真有这么回事。当年，有一个女生跑到我的宿舍，竟然直接就要脱衣服，说喜欢我很久了。

大家都哄堂大笑，说，你一定没有把持住吧？

公务员也傻笑了几声，说，还真把持住了，那时候我也比那些女生大不了几岁，相对也是单纯的，怎么可能干这种事呢，我把那个女生的家长叫来了，让他们带女生去医院看了，结果是精神上出了些问题。我也算是积德做了件善事。

大家一阵唏嘘，说，如果换作是现在，你一定会把这“坏事”做了吧？

许是男人的自尊心作祟，公务员竟然说，如果人生可以重来一次，我或许就不是那样的吧？！一迭连声，他将这句话说了三次。

于是，便有几个人开始附和，给足他面子，说，你长得帅又有才，如果让你回到当时，女孩主动送上门，你一定会把持不住。

看着他们有些猥琐的笑，我倒是很想泼盆冷水，毕竟人的性格并不是重来一次就会改变的。

你秉性耿直就很难生出邪恶之心，你生性风流自然也难独善其身。

在污世里做一道清流有什么不好呢？一定要为了当下的所谓“尊严”去说出言不由衷的话吗？

作为席间唯一的女性，男人间的粗放言语，倒是让女孩显得有些无所适从。便开始有人照顾女孩的情绪，问女孩婚否，什么时候要孩子之类的，很有些过来人的意味。

女孩说虽然已婚，但很享受现在的丁克生活，怕不能给孩子好的未来，便也不急着要孩子，养了只金毛忙得都没时间照料。然后，女孩说其实自己有难言之隐，这两年介入了一档生意，但因为门面开在生活区，经常被举报而不得不关门歇业。

便有中年男人说狗可以交给我们中间的一个人养，至于门面简单啊，你把原来的门面退了，我们给你找门面，你亏了多少，我们给你凑，每个人五万够不够？说得头头是道，大有事情一揽尽得美人心的豪气。

女孩也是明白人，知道男人们酒喝得多了，说话也是不着四六了。便假意应承说，如果你们能帮我找到门面倒是好的，我还是想好好经营一下这门生意，我实在对这个太有信心了。

筵席散去，大家各自离开，女孩和我同路，便一路上继续聊。女孩说，这几个男的都算是自己的师长，他们也算是性情中人，说话既有俗世的一面，也有保留的一面，你不要介意啊。

女孩还真是个明事理的人，可是又有多少女孩像她这般理性，可以看穿男人面具下的另一张面孔？又有多少女孩可以像她这样，坚持独立的人格和心性，不为男人的诱惑所动。

我无意污蔑所有中年男子都包藏祸心。毕

竟每个人生理和心理的需求不尽相同，谁也不能用道德去绑架另一个人。人性是这个世界上最复杂的东西。只是，姑娘们要清醒地认识到伯乐不常有，世上也没有免费的午餐。

回到开头知乎上的女孩，她也算是踩了急刹车，在这个信息发达的年代走了运，无论那个中年领导是何居心，是温柔刀还是双刃剑，她都能有个相对正确的判断，并知道如何处理这段关系。只是天下攘攘，太多女孩涉世未深，以为遇到伯乐知音甚至至爱，以为自己真有倾城色红颜心，而陷入囹圄，铸成追悔终生的大错！

爱情码头

1

三月十五日那天，浦口码头来了一群不速之客。大约五个人，都骑着单车，像一个小型车队，浩浩荡荡地拥进浦口站前广场。

他们都是从南边渡江过来，由对面的中山码头上了船，渡过长江，直接抵达站前广场。他们一到广场就直奔老车站廊道，将一个歪着头清点盆里雨花石的青年团团围住。

青年叫春明，长年在这里摆摊卖雨花石。雨花石分三个等级，分别在三个水盆里养着，像一只只待售的热带鱼。他们下了单车，围住春明，争相问春明刚才买雨花石的人往哪儿去了。

春明摇摇头，也可能没摇头，春明七岁时

患过脑瘫，所以脑袋总是那么有一阵没一阵地抽搐，不明所以的人都以为他在摇头，其实这已经成了他的生理特征了。

五个人中那个顶着地中海发型的中年男子问春明，刚才那人买走了几颗雨花石？

春明摇摇头：“说哪个人？”

“地中海”说：“就是刚刚从这里离开的那个人，我看他在你这里买了一包雨花石。”

春明低头拨弄水盆里的雨花石，说我这里都是三块五块十块钱的，刚才那人就是从这里面挑的，你们也可以从这里面挑。

“地中海”说：“我不信，刚才那人表情已经出卖了你，他一定拿走了你这里最好的石头。”

春明笑了，说：“我卖的都是真货，是从六合砂矿上挖来的。”

“地中海”说：“我知道你是真货，只是这里没我们想要的。”其他几个人也跟着附和，说：“你一定是将好货藏家里了吧？”

春明先是摇了摇头，笑着说：“家里是还有，我给你们看手机。”说着春明将手机里的照片一张张滑给他们看。

那几个人看着照片乐了，说你果然把好货都

藏家里了。

春明有些得意，说，我这里也是真货，只不过是平常货色，家里的好一些，上个月有一块石头形似飞鸟，卖了一万六千块钱呢。

春明的话让那几个人两眼放光。“地中海”问春明，你家离这远吗？带我们去看看呗？

春明点点头说不远，就五分钟路程。

“地中海”从装着水的盆里捞出三颗雨花石，说：“小哥带个路，去你家挑挑，要是有好货就买下，价钱绝对不是问题；要是实在没有，就来这三颗玩玩。”

春明有些兴奋，边将盆里的水倒掉，雨花石装进口袋里，边喋喋不休地介绍自己，说自己在这里很多年了，见证了老火车站的兴衰到关停，如今这里成了文艺青年朝圣旅游的景点。附近的浦口火车站就是朱自清写的《背影》所在地。喏，后面朱自清父亲翻越的月台还在呢。春明说着指了指身后的方向，两排悬铃木的中间，是津浦铁路的尽头，老浦口火车站的站台。

那几个人无心听他唠叨，一个劲地催促他收拾好东西好带路。

终于，春明将雨花石收拾停当，放到脚踏车的后座上，一弯腰一蹬腿，破旧的脚踏车哐当哐当拐过廊道，上了废弃的进站甬道，朝南边的村庄疾驰而去。

那几个人急忙蹬上单车，飞一般地跟了上去。

2

春明是在一个周末发现于莉莉的，于莉莉家大马路的房子拆了，春明看见于莉莉拖着拉杆箱站在站前广场上，一身白色的羽绒服，失魂落魄的样子，就像一只冬天的鸽子。

春明蹲在廊道里，那里黑乎乎的，又隔着一簇簇热带灌木，不走近一点并不能发现他。春明每个周六日都会过来卖雨花石，其余五天他就守在六合的砂矿，在砂石里淘雨花石。

春明在暗处观察于莉莉，于莉莉也一直站在小小的广场中央，那里有一尊雕塑，是个圆圆的球，据说是地球仪，当年因孙中山奉安大典而建的标志性雕塑。于莉莉就站在雕塑的下面，一动也不动，像滋生出的另一座雕塑。

整整几年，春明的心里已经没有于莉莉这个女人了，可以说是完全抹去了，就像站前广场的鸽子，因为车站的停运而彻底消失。

春明一点也不恨于莉莉，于莉莉和周斌才是般配的，他们门当户对，郎才女貌，天作地合。他们一起坐船离开江北时，春明站在浦口码头为他

们送行。周斌一巴掌拍在春明的脑袋上，说，你啥时候能不摇头？啊，啥时候能不摇？

从七岁起，周斌就喜欢拍春明的脑袋，春明已经习以为常了，但这次不一样，周斌这一巴掌拍醒了春明，春明觉得该设身处地为自己想想了。以前，他一直有个愿望，就是能得到于莉莉，虽然明知是癞蛤蟆想吃天鹅肉，但他这么想着就感觉挺好，只要于莉莉每天都出现在自己眼前，只要周斌不把于莉莉带走，只要他们三个人整天混在一起。

可是，于莉莉终究还是跟着周斌走了。于莉莉经常说：对于我们江北人来说对面才是城里，只有上了中山码头才算是进了城，只有进了城才算是见了大世面。周斌带着于莉莉过了江，上了中山码头，再坐上火车，去了很远的地方。也可能，他们没坐火车，只是在南京城里安营扎寨，过起了小日子。但这些都不重要了，重要的是春明再也看不到于莉莉了。

春明看着远去的轮渡，还有浩渺的江水，心里对于莉莉说：你去城里了，我就发誓永远也不要过江，我就在这里候着，你总会回来的。

3

春明带着那群单车族哧拉拉疾驰离开站前广场，广场上瞬间安静了下来。周围因为拆迁的缘故，居民已经寥寥无几，仅有的两家饭店也差不多歇业，只有广场边的马路上还有几个摆摊卖煎饼、紫菜包饭和鸡蛋灌饼的摊点，没什么生意，他们就坐在那里干聊，连偶尔的“哈哈”声都显得空洞无力。

天色向晚，摊点倒是热闹了起来，从浦口码头上来的人涌了过来，他们都是从江南下班回来的，三三两两，有步行的，也有骑电动车的，一个个灰头土脸的样子。他们的到来让安静了一整天的站前广场顿时显得拥挤、嘈杂。

开始有人提到春明，因为这个时候是春明收摊的时间，但春明一直都没有出现。春明在带着那几个人回家找更好的雨花石后就没再回到广场，这是十分罕见的。一般情况下，春明带客人回家后半小时必然返回广场，因为真正上好的能卖上好价钱的雨花石可遇不可求，遇见懂货又阔气的客人更是难得。所以，大多数时候，春明不管交易成不成功，都是要急急赶回广场，卖那些寻常货色的雨花石，这才是他的饭碗。

春明每卖掉一些雨花石都会在站前的摊点上买一个鸡蛋灌饼，边啃边和摊位老板闲聊。老板们爱拿春明开玩笑，说要给他介绍对象。春明摇摇头，说，我已经有心上人了。

老板们知道春明指的是于莉莉，于莉莉回来后就在津浦铁路宿舍附近的一家酒店上班，因为生意不好，于莉莉总是心情低落，春明吃完鸡蛋灌饼都会打包一个带给她。

刚开始于莉莉很感动，说，江那边就没有这种鸡蛋灌饼，蛋香料也足。你还记得小时候咱们三个，你，我，还有周斌一起站在摊前买灌饼的日子，真想回到小时候啊。于莉莉说这话的时候，眼睛是明亮的，一扫白日里迎来送往的晦暗和疲惫。

只有春明在一旁站着不说话，他不想听到周斌这个名字。周斌和于莉莉是邻居，都住在大马路，春明家则住在南边的村庄里。于莉莉家就在大马路上开了家小店，生意不温不火，但生活还过得去。

周斌的父亲是铁路分局的职工，据说周斌从小坐火车就不要钱。每年暑假周斌都要随父亲过江，再坐火车去很远的地方。回来给春明和于莉莉讲外面的世界，讲玄武湖里的动物园，老虎是真的但不咬人；讲去上海的路上，原野上开满了油菜花；讲十里洋场、纸醉金迷，好多老克勒在红房子里喝咖啡；也讲苏州园林美绝天下，西湖断桥曲院风荷。

春明和于莉莉都听得痴了，于莉莉歪着脑壳问周斌，你什么时候带我过江？周斌说等你成了我媳妇儿我就带你走，离开浦口码头。

4

民警来的时候，摊点的老板已经开始收拾一地的狼藉准备离开站前广场了。民警的到来并没影响到他们的忙碌，但多少还是引起了一些人的注意。

民警问：“你们看见白天在这里卖雨花石的小伙子吗？”卖鸡蛋灌饼的老板说：“当然看见了，不过下午就回去了。”

民警又问：“那他后来回到这里过吗？”老板摇摇头。民警点点头，说：“你们忙吧，卖雨花石的小伙子失踪了，有什么线索记得告诉我。”说着将一个电话号码写下来递给了灌饼老板。

灌饼老板推着推车没走几步，突然折返回来，大声喊民警，说：“民警同志，我想起来了，你去华天酒店找一个叫于莉莉的女人，问问她，她可能知道一些情况。”

民警问了于莉莉的大致相貌便急匆匆赶去附近的华天酒店。

华天酒店里，于莉莉在前台为客人做着登记，这时候她已经饿得前胸贴后背，心里想着春明怎么还不来。一抬头，看见民警正直勾勾地盯着她，她吓了一跳，手上的笔掉到了地上。

民警咧嘴一笑，说：“你不用紧张，我只是找你了解一些情况。站前广场上那个卖雨花石的小伙子你认识吗？”于莉莉摇摇头又点点头，嘴唇还是有点抖索，问：“他怎么了？”

民警说：“他失踪了。本来居民要失踪二十四小时才可以立案，不过我是这个社区的民警，先来了解一下情况。”于莉莉慌了，扔下手上的活，喃喃自语，周斌周斌……

民警有些疑惑地问：“什么？周斌？”

于莉莉忙摆手，说：“没什么，我只是想到以前的一个朋友。”民警忙问：“这个朋友和站前广场的小伙子春明有什么直接联系吗？”

于莉莉说：“没什么，哦，我们都是发小，从小一块儿长大的，只不过，只不过，周斌已经出事了，我不想春明也……”

5

于莉莉回到浦口后，发现一切都变了，大马路面临拆迁，好多人家都搬走了，到处都是断桓残壁，一片凄凉。于莉莉家也搬了，搬到浦口公园那边去了。但于莉莉还是喜欢这里，这里有她的童年、少年，还有懵懂的青春期。

当然这里还有春明，春明一直守在这里。她知道春明是为什么，但她不能给予春明什么，在七岁那年以后，她就知道自己和春明已经不是一个世界上的人了。春明受人欺辱，她总是要冲上去理论，周斌都会拉住她，然后一巴掌拍在春明的脑袋上，大喝一声，让你不要摇头，不要摇头。

春明瞪着一双惊愕的眼睛看着周斌，于莉莉站在身后哇哇大哭，欺负春明的人每每看见这样的情形都灰溜溜地走了。

春明一直都没问周斌为什么没回来，他们这些年到底去了哪里，于莉莉也只字不提。于莉莉不提，春明就更不好再问什么了，他心里想，只要回来就好。但于莉莉不这么想，春明还是以前的春明，我于莉莉还是原来的于莉莉吗?

春明是在一个风雨交加的晚上向于莉莉表白的，那天他淋着大雨将一个鸡蛋灌饼放到了于莉莉面前。于莉莉看着春明全身湿淋淋，不停地打着喷嚏，一下子就哭了，说，你能不能不要这么傻，不就一个鸡蛋灌饼吗?于莉莉哭得停不下来，春明却站在那里笑了，他一把抱起于莉莉说，今天我要为你开房。

那天晚上是春明的第一次，相对于春明的笨拙，于莉莉显得老道多了，但她还是装出一副娇羞无助的样子，她不想让春明失望。春明伏在于莉莉白花花的胸前，呼哧呼哧喘着气，嘴里嘟哝着，你真美，皮肤真好，到处都滑溜溜的，比雨花石滑溜多了。

于莉莉叹一口气，说，拿我比一块冰冷的石头，其实我活得连一块石头都不如。春明掩住于莉莉的嘴，说，我要淘到最好的雨花石，卖上好价钱，让你过上好日子。

6

民警并没有从于莉莉那里打听到任何线索，他只知道于莉莉是春明的恋人，从某种意义来说，连恋人都算不上，充其量算是一个地下情人。在春明还没有淘到最好的雨花石前，春明暂时还不想公开这段关系，他不想让于莉莉陷入流言蜚语之中，他知道唾沫星子能淹死人。

民警调取了广场附近所有的监控，显示当天春明的确没有再回到广场。接着，民警又调取了春明家周围的摄像资料，在当天下午四点三十五分，那帮人，也就是以“地中海”为首的单车族就离开了春明的家。

也就是说，基本可以排除这些人的嫌疑，因为在五点一刻的时候，春明也从家里出来，只不过，他是往相反的方向。那帮人往南去了浦口码头，坐轮渡过江回了南岸，而春明则骑着单车往北而去。

春明去了哪里呢？民警调取了沿线的监控，发现春明骑了一段路后就消失在监控中。毕竟，能监控的路线有限，春明的去向一下子成了谜。

最终，民警还是想通过于莉莉来获取更多的信息。于莉莉坐在酒店的大堂里，大堂中央有一张茶几，茶几上放着一杯茶，袅袅的热气婉转向上，像燃着的一炷香。

于莉莉枯坐在椅子上，发着呆，民警喊了她三声，她终于抬起了眼皮，说，我知道他去哪里了，我就知道这一天迟早会来。

春明的尸体是在六合砂矿找到的，就在一块写着“闲人免进”的牌子后面。砂矿的工人发现他时，他的半截身子掩埋在砂石里，手中紧紧捏着一枚鸽子形状的雨花石。他接受了那群单车族的盛情邀约后，就连夜赶赴砂矿，他要找到客人最满意的雨花石。为了高额的回报，为了给于莉莉一个体面的婚礼，为了自己这么多年所受的屈辱。

不被安排的人生

料想到她会姗姗来迟，我便在居酒屋的小包间里枯坐着，要了一杯水，慢慢喝着。所有的居酒屋和所有的外来酒肆一样，入乡随俗，除了装修能维持原样外，整个氛围都变得有些异样。只隔了一道竹帘的人们喧闹异常，夹杂着仲春时节的溽热，迫使我只好到外面透透气。

她终于来了，不出意料，她衣着得体，穿了一件绣花旗袍，在夜色中，能看出淡淡的湖绿色，上面缀着稀少星点的红花，若是再添上一件披肩，就是十足的贵夫人派头了。

可是，她原本就是“贵夫人”啊。从她二十多岁开始，到现在也不过三十出头的年纪，她一直过的都是贵夫人的生活。哪怕现在不是了，连她自己都不再承认了，但她这些年来的“修行”

让她再也无法摆脱原有的修饰，就像登惯了华室高堂，突然到了荒村颓野，总是不合时宜。

她说，你好啊，让你久等了。她打招呼的方式也是官方的，是多少年来的练习，让她既言简意赅，又落落大方。这是长久以来的识大体练就的功力。

落座后，她有些脸色微红，许是在春风沉醉的夜晚走得疾了，许是见多了大场面，到了这种小场合倒是有些局促。

她拿起菜单指了指生蚝、生鱼片之类的，说就这些，又抬头问年轻的女服务生，你们有没有小米辣？碎碎的那种。

说完转向我，掩嘴一笑，“我是不是很生猛？没办法呀，多年的部队生活逼着我变得粗鲁。”说着她哈哈大笑起来，笑得耳际的绿色翡翠吊坠左右摇晃。

菜陆续上来，她又要了一壶清酒，给各自斟上。我说我嗓子疼得厉害，怕是不能尽兴了。说着我猛烈地咳嗽了几下，并非故作，只是因为克制了片刻，此时爆发了出来。有悬铃木的城市一到春天就是遭罪，所有的人上街都要戴口罩，不然过敏，像我这样，嗓子能喷出火来。

“啊呀，不要紧的，都是部队出来的嘛，就是要大口喝酒大口吃肉。你是在沈阳军区吧？我去过东北的，都说那边的人喝酒厉害，我去了，一个个放倒，也不看看我是哪里人，贵州啊，茅台酒的出产地。”

我只好摆出景仰的姿态，毕竟酒桌上总是要落下风的，这强逞不得，也不想逞。幸好是清酒，便一杯杯干了，听她聊前尘往事。

“那年我才16岁，16岁，多么美好的年纪啊，书上用花季来形容，这个词真的太美了，而我真的就像豆蔻一样，还是葱绿色的，就被父母安排进入了军营，当了一名通信女兵。和普通部队的女兵不一样，我们是英雄部队，训练要比其他部队苦一百倍，更何况是女兵。

“虽然我出身知识分子家庭，但我不娇气，很快我就提干了，那时候我才18岁。但我要强啊，又特别讲义气，帮着战友打架，打得天昏地暗，却不知道已经触犯了军令，后来我被遣返原部队，重新当兵。这算什么，我还小，第二年的时候，我又考上了军校。

“军校毕业我被分配到了军区报社，就是在那里我遇见了他。那时候他已经从驻港部队回来，成了赫赫有名的功臣，戴着光环的人。那时候追求我的人里有连长、营长，甚至还有军长的儿子。对了，你看我的长相，是不是一点也不像南方人。对，我有四分之一新疆人的血统，这在南方姑娘里不多罕见。

“有一次吃饭，趁着酒劲儿，我把他打了一顿。你想啊，这样的功臣，级别比我高那么多的人，竟然在大庭广众之下被我一个年轻的女中尉打了一顿，多难堪啊。或许也是这一点，让他觉得我与众不同，他开始向我展开了猛烈的攻势。

“你觉得一个二十出头的小姑娘能抵挡得了这种诱惑吗？你说崇拜也好，说征服也罢，我确实是陷进去了。我不顾一切地要和他在一起，那时候他的妻子因病故去，整个人处于空窗期，哪怕他年龄比我大很多，但对于男人来说，却是如狼似虎的年纪。

“我们在一起了，但并没有得到太多的祝福，特别是家人，我结婚他们没有来，我生孩子他们仍然没有来，我像被丢弃的孩子，无家可归。但好歹我有了他，他给了我从未有过的安全感。同时，他也给了我从未有过的禁锢。

“说了你也许不信，你是我见过的第六个异性。在这之前，我见任何异性都要得到批准，或者会有警卫员跟随。这么多年，我已经没有自由了，我曾经也是个血性的女汉子啊，突然让我端起架子来，做一名“夫人”，我需要言语得体，举止大方，待人接物也要有一定的礼仪。起初我有些不习惯，要知道我是衣服掉在地上也会绕道走的人啊，突然要我事无巨细地打理整个家庭。我没有办法，这是我必须面对和接受的现实。

“对，前几年他进去了，犯事了。我也终于可以昭告天下，我不是靠他活到了今天。我一次次被叫过去谈话，东奔西跑变卖家产为他筹措该交的罚款。他进去了，可我们的孩子才二十几个月，这就是我要面对的一切。我把孩子交给保姆，自己出去找工作，考下了教师资格证。现在，我有足够的能力养活我自己和孩子了。

“就在上周，他出来了，我们也离婚了。他说对不起我，不能再连累我了，我告诉他，也许你再也找不到像我这样好的人了。他承认，只是他走不出来了，他走不出来就不能继续陪我走下去。

现在，我终于可以痛痛快快地喝酒了，我可以光明正大地工作，不再介意别人的目光，我可以去夜总会，可以去干一切自己想干的事情了。

“我自由了。”

我说你后悔吗？如果当初有更好的选择，你会怎么样？

她说这没什么后悔的，当初的选择在自己看来就是最好的选择，你没得选，当那样的人站在你面前，你有再强的自尊也会俯首称臣。来，干杯吧，战友！

临要散场的时候，她突然说："我想在另一个城市重新开始，你能帮我物色一下身边不错的单身男士吗？只要不介意我的过去就行。"

我说这不是你此行的目的吧？她说这次是出差，要去几个城市，也算是帮自己探个路，她喜欢南京这座城市，有着南方城市不具备的文化底蕴。

其实我懂她，那个城市已经无法安放现在的她，对于她来说，那就是个深牢大狱，就算能看见阳光，也不过只有四个角的天空。她想飞出去，想找个枝头栖息，想重新有个不被安排的人生。

你在怀念过去，谁又在怀念你

向南坐在我对面，喋喋不休地诉说自己的过往。

我们都不是那种会聊天的人，但这一晚上，我们一直在聊，面前的柠檬红茶已经加了三次水，我们仍然聊得口干舌燥。甚至，我一度咳嗽剧烈，咳得面前的水杯都震动起来，她都没有因此有止住话题的迹象。

向南十几年前考上成都的一所大学，于是留在这里，做起媒体人，开始和这个城市有了某种联系，也开始用笔记录这个城市里的人。

但她从来都不写自己，她把自己裹得太紧了。

这次，算是她敞开心扉的一天了。

向南说，我算是想明白了，身为一个女人，还是需要有所依靠的，我还是会找一个稳妥的人，好好过安静日子，认真做我的创作。

我问她：“那柯呢？你跟他到底是什么关系？异性闺蜜？曾经的恋人？”

问出这种话，只能说明我对向南太不了解了。当然，我们也刚认识不久，我对她的确一无所知。短短几个小时发生的事情，如果不是我天性敏感，怕是觉察不出她与柯的微妙关系。

向南说：“柯啊，就是那种最亲最近但又说不上是爱人的人吧。”

向南顿了顿，又说：“对，就像闺蜜，无话不谈，也可以说是好哥们儿吧。”

“精神恋人？那你对他有好感吗？或者他对你？”

“好感肯定有，我们认识十几年了，他长得帅又有才华，说没好感是骗人的。身边的朋友都以为我们是一对儿。就算他前年结婚了，好多朋友怕影响我情绪都不敢告诉我。其实，我并没有很难过，反而为他高兴，虽然连柯自己都不打算告诉我，我还是盛装去了。这么好的哥们儿结婚，我怎么能不去呢？”

向南说到这里，有些激动，许是牵扯起了往事，内心柔软处便也动了一下。杯子里的水又一次见了底，而她似乎刚刚开启话题。

向南说：“那天我出现在他的婚礼现场，所有的人都惊呆了，要知道，在这之前，柯曾经与我疏远过一阵子。”

“你们这么要好，也有疏远的时候啊？我问她。”

“是的，有一次，我们约了好多朋友一起去郊游，去山里，成都的四边都是山，初夏去山里真是太美好了。柯是那种不合群的人，喜欢独处，遇到不喜欢的人和事绝不将就。那天许是我表现出对别人的友好，让他有些不快。

“那天晚上，我们住在同一间屋子里，两张床，各自睁眼到天亮，谁也没说一句话。你说，这算不算是爱情呢？”

“也许吧！”我无言以对。或许最好的爱情就是这样，连手都不碰一下，但都懂对方的心。

“自从那天后，柯几乎都不与我联系了，好像消失了一样。但婚礼那天，他非常高兴，特别是看见我出现，他异常兴奋，一点没有从前清冷孤傲的样子。他主动招呼客人，像脱胎换骨了似的。

“就是从那天开始，我们又和好如初了，从前的芥蒂一扫而光，虽然我一直觉得我们并没有任何矛盾。”向南边说边拨弄起手机，她的手机上套着一个链子，是粉色的。外表冷冽的向南，内心也有少女的一面吧。

突然想起下午刚坐过柯的车，我坐在后面，向南坐在副驾驶的位置，俨然女主人的样子。一路上都堵着，我们也一路上都在聊着江南与西南的种种不同。说成都人的爱耍爱吃，什么都豁得

出去，我们似乎把很多有趣的词都用在成都和成都人身上了。

但那又怎样呢？向南和柯已经在这种环境里生活了十几年，就算离去，也会匆匆想着要回来。骨子里，他们都是成都人了，学会了成都人的豁达、不拘小节和低调隐忍。

那天，柯说起话来也是滔滔不绝。事后，向南告诉我，柯已经很久没有说这么多话了，他要是对着自己不喜欢的人，怕是一句话也懒得说。看来，咱仨还算投缘呢。

我不置可否，也许是我的出现，点燃了他们，让他们有机会说更多的话吧。向南对柯还是有依赖感的。

我说："你不怕和柯过于亲近，会影响到他的婚姻吗？"

向南笑笑，一脸的云淡风轻，说："才不会呢，柯其实很少和他老婆在一起的，他们各玩各的。"

向南说这些话的时候，脸上有了异样的神色，或许是累了，或许是觉得刚才的话只是自己的主观臆测。

现在的柯，冷暖怕是只有他自己知道吧，就连向南，也只能在朋友相聚时才能得知一二。

她以为自己足够懂他，他也一定这样认为。但真正懂自己的，除了自己，还是自己吧！

他们彼此取暖，又彼此疏远，时间送他们去了很远的地方，却又总在熟悉的地方再次相遇。

夜深了，咖啡馆的客人像瞬间蒸发了一样，一无所踪。只有我们在安静的角落里坐着，像两尊放久了的雕塑。只是，我们都是有温度的，这种温度和着同样温暖的灯光，显得这个即将打烊的咖啡馆不那么空旷。

向南说我送送你吧，正好可以多说说话。

我点点头，向南将外套裹在身上，出了门，她似乎还想继续说下去，但终究是找不到更多的线索了，路边有绿色的出租车驶过。她一招手，车画了一道弧线停了过来。

向南只好说：“我得上车回家了，明天还得上班。”我知道她已经不想再说下去了，我们都已经筋疲力尽。

夜风频频吹起，我紧了紧衣领，酒店就在不远处，却感觉走了很久很久。

后 记　我只是走得慢，但从没有后退

现在的人很有意思，稍有不顺就归结于水逆，前两年是怪星座，更早些时候也有迁怒于本命年的。总之，任何的挫折和逆境都是有原因的，这原因也一定不是自己造成的。

有时候，我也会这么想，因为总有巧合的时候，比如本命年那年我就特别倒霉，工作上毫无起色，明明做得业绩非常高，到了年底因为核算制度僵化却一败涂地；在短时间内学车，车倒是学会了，也在最短的时间内将自己喜欢的车提回了家，但很快就新手上路连撞两次，吓得魂飞魄散，两个月都缓不过来；还有就是生各种奇怪的病，大夏天还会发高烧。总之，用现在流行的话说就是太背了、太丧了。

仔细想想，真的是这样吗？世事总是偶然和必然的结合，那一年不过是很多事情遭遇到了一起，忙是忙了些，要知道越忙越乱，干得越多错得越多，这不是很多人的人生信条吗？年底核算一败涂地，有没有想过是不是自己的思路出了问题，是不是还没有完全适应新单位的运作流程和规章制度，不能如其他人那样如鱼得水；短时间内学车是有短平快的收效，但同时也会有隐患，就是技术不过关，新手而且新车上路，过度紧张自然容易造成车祸；夏天发高烧是不是有贪凉的习惯。

总之，事出有因，全部怪罪于本命年有失偏颇。不过，偶尔拿这个开开玩笑，倒也未尝不可。

现在一个普遍的现象就是人员流动得快了，就连实习生也可以坐一天就突然消失。看着他们爽利的身影倒是十分羡慕，会由衷地发出感叹：如果再年轻十岁，我也可以说走就走，去外面的世界看看。

但事实上，也只能停留在嘴边说说，脑海中过一下。很多事已经由不得我们，因为我们已经到了很多人说的瓶颈期，人到中年，太多的身不由己。

转念一想，我们又有太多年轻人不具备的优势，少了些对未来的期待，也就是少了些恐慌，可以心如止水地看待一些事物。

就像一个朋友说的，到了这个年纪，你无法再去讨好任何人，不喜欢你的人也永远不会回过头来青睐你。反倒是我们要学会珍视自己，不再小心翼翼地恭维，不再苦苦地苛求，不用再担心别人的目光会不会戳痛自己，可以坦然接受批评，也可以骄傲地睥睨自己鄙视的人。

记得刚出书那会儿，有个记者问我：你觉得到了现在这个阶段，最大的改变是什么？我说：从前执迷的东西，现在反而不想要了，这大概是成熟吧。

我不敢妄言自己真的成熟了，因为所有的人都是在一边完善自己，一边破坏自己。没有人能真正做到完美无缺。

走太远也会念旧，跑太快也会疲惫，但我们要学会祝福自己，但愿你和我，都是一首唱不完的歌。

附 录 我想我是海

我是怎么适应“中年”这个词的呢？每天看新闻，观察天象，步速缓下来，内心的戾气转化为平和，喜欢在房间里装点植物并耐心侍养，偶尔去乡下待着并不厌弃蚊蝇，对待小猫小狗有了温柔的眼神而不是绕道而行。

一直羡慕那些早早知道自己要什么的人，但也并不疼惜自己的后知后觉。没有一种生命白白生长，人总要活成自己喜欢的模样。

想休长长的假去看你，在你的身边做一片叶子，做一朵云，做大地上无边无际的紫云英，晚上就做一颗星，一抹月影，一粒窗棂上泛黄的灯豆。

想给你写长长的信，长到所有的疾病、痛苦、悲伤都化成标点符号和语气词。可我并不打算把这封信寄给你，余生这么长，我们要慢慢走，直到这些标点符号和语气词变成我们生活的一部分。

有些形状是注定了的，任何改变都是徒劳，唯一可实现的就是赞成并接纳这种美。

大概听了太多的歌，忘了这首歌是你告诉我的，今天开车突然听到，便又想起了你，泪眼模糊得像整个雨季来临。

在我的编年史中，你是不可或缺的一页。你说你是微尘，是留不住的云烟。可是你遇到了我啊，就是改变历史的那个人。从此，国运昌隆，四时景明，天空乌云散尽，遍地鸟语花香。

这辈子的雪，在我20岁的时候就下完了。后来的日子，我甚至都不敢想你，怕心里还会下雪，怕去往你的路上大雪封山。

我一直有个难以启齿的怪癖：喜欢在高级酒店的大堂坐着，什么也不干，就是观察进进出出的各色人等。有一次我就想，如果有人带我回房间我就沦为娼妓，没人搭理我就成为作家。

修行有很多种，但不外乎四种：慎独、慎微、慎初、有耻。除此以外都不能算修行，哪怕打出创造、艰辛、付出的口号，不自持不知耻，都是伪善，都是内恶，都会积弊并还于彼身。

有人嘲笑你的愚笨，就有人喜欢你的天真。

所有的虐都是自虐，所有的坏情绪都是作茧自缚，所有的交友不慎都是自作自受，所有的后退都是自甘堕落。

如果一个人一直笑一定也很辛苦吧，适当的悲观可以消解内心的糖分，做到自省并防止一脚踏空。

我们都太爱自己，所以选择了懒惰；我们都不懂怎么爱自己，所以选择了依赖。

经常听到一句好像是关怀备至的话：你啊就是心气儿太高。心气儿高怎么了？我们都是平凡的人，恋爱失败，职业受挫，时光消磨，人际关系岌岌可危，若没有一点心气儿的话，怎么撑？心气儿是藏在骨头里的，就算血肉模糊、面目全非，好歹能站得直直的，傲气不曾减过半分。

唯有爱好能抵御时间的磨损、职场的内耗、人言的可畏。

不要怕，不要怕自卑，不要怕敏感，不要怕多疑，不要怕深藏，不要怕未知，不要怕胆怯，不要怕孤独，不要怕旧时念、今日逝，不要怕踟蹰，不要怕蹉跎。只要你一直在往前走，只要你不停下来，时光终会温柔待你，并以你喜欢的方式。

坚持一件事太难了，跑步、画画、写字、爱一个人。

想听歌，想听你唱歌，想听你唱你喜欢的歌，想听你唱我们都喜欢的歌。听得热泪盈眶，听得肝肠寸断，听得发誓要永远在一起，此生不分离。这是一种多么奢侈的想法啊。

我的反射弧有多长？前天的长跑今天肌肉才有酸痛的感觉，去年某天梦见的朋友今天突然想起在哪见过，十八岁喜欢的人到现在也没忘记。

一个人没什么不好，只有你自己知道喝多少度的酒、多浓的咖啡，烟灰缸在茶几的哪个角落，衣服袜子放在哪里，领带伸手就可以够到，也只有你自己知道冬天需要敬畏，春天才能怒放。知道何时远足，何时归来，都不需要理由。

喜欢多好啊，轻盈地暗示，挠人的揣摩，无畏的付出，不抱希望的占有，战战兢兢，小心翼翼，又满心窃喜和满怀憧憬。相对于本能的喜欢，爱太复杂了，也太奢侈了。

有多少感情，明明可以保持随时联系，却还要假装杳无音讯。

人只有到中年之后才懂酒的好处，为什么那么苦涩仍甘之若饴。

苛求让我们厌世，贪婪让我们活着。

人总是对自己难以驾驭的事物记忆深刻，比如去了一个不想去的地方，尝了一道不曾试过的菜，爱上一个不可能的人。

哪有什么千帆过尽宠辱不惊。无非是有些人已无法挽回，有些事也已无能为力。

在这个世界上，找到同好者，实在是一件幸运而欢欣的事。与其带着戾气四处寻找平衡，不如在同好那里找到生活的乐趣。

人的境遇真是千差万别，有的人需要耗尽一生苦练口才，而有的人只要闭上嘴就可以了。

都说没有时间解决不了的问题，事实上时间并非一切的解药，只不过时间把那些问题变得不那么重要了。

总有午夜突然醒来的时刻，以为身在异乡，会清晰地想起一个人对你的好和每一个微笑，你小心翼翼怕这一刻溜走，便再也睡不着，等月色淡去，天色渐白，你怅然若失，郁郁寡欢。时间薄情，总也辜负念旧的人，从不留一点余地。

你还活着啊，多好，我们都要好好活着，才不负相见恨晚，才不负狭路相逢。

当你忘记悲伤，忘记眼泪，忘记愤怒，忘记失眠，忘记痛不欲生，忘记肝肠寸断，开始游刃有余出离情绪，知晓云淡风轻，懂得安慰别人，才发现这样的自己，陌生到连自己也没法相信。

年轻时的任性多好啊，可以成全很多的不可能，毕竟往后的日子容忍你任性的人只会越来越少。

没有人会记得你当时的忐忑和不安，当你忧心忡忡担心别人的嘲笑和讥讽时，时间和面孔已经翻了太多页。

后来，买了和你一样的沙发，假装在你的世界有了落脚。

以前，我以为离开一个地方就是重新开始，后来发现不过是换个地方重来一次。

因为路太长，才有听歌的习惯；因为寂寞太长，才有听歌的夜晚。

相信自己是平凡的，如山川河流，如花草树木，如磐石，如荆棘，会走很多弯路，会流下眼泪，会感动，会回头，会不舍，会期待，会理解，会释怀。

一个倔强到处处想得到的人，其实是害怕失去吧？

愈到后来，愈加懂得，各取所需比什么共患难切合实际得多。

但凡对别人的事品头论足，大概是自己对那些事已经无能为力了。

任何一种好的关系，必然是棋逢对手惺惺相惜，而不是自命不凡、各自为政。

我们不屑与他人为伍，却又害怕自己与众不同。

你爱的蔷薇已在去岁的春天枯萎，而我在寻你的路上渐渐老去。

人生最大的痛，是你痛的人不懂你的痛。

怎么那么多遗憾啊，还好我并不想去弥补它。

我们早已不记得是什么时候走岔的，都是抱着一种既然走了这么久就继续走下去的决心，都相信结局总是好的。这样想想，回头的那些心酸也就算不了什么，更不用提什么后悔了。

很多人，很多很多人，很多很多很多人，在20岁左右的时候，就把感情耗尽了。然后用一生的时间去救赎去修补，假装重新出发，去寻觅去失望。

这世界最伤人的一定不是嫉妒、污蔑、诽谤、诋毁，而是偏见。

想休长长的假，走长长的路，去看你。如果看不到你，就写长长的信，寄在时间长长的河流里，忘记你。

夏天也是这么想的，秋天也是这么想的，春天仍然是这么想的。无数的日子就是在想当然中度过了，也许荒废才是整个人生的主流，而勤奋只是一个字眼，一个让人泛酸带涩的字眼。

我已经找不到你留下的痕迹了，只有当旁人问起时，才欲言又止，像梗在喉咙里的刺，隐隐作痛。

每次路过你住过的地方，总想着停下来看一看，但一想到从前，就又加快了脚步。

别人都说喜欢单纯的我，却从不问我快不快乐。

成年人的勇气，大多数时候是要做自己不想做但不得不做的事吧？！

如果可以，我宁愿交换另一种人生，也不愿推倒重来。新鲜感远比重建更有吸引力。

我们谁也不是先知，难免走很多弯路。只要醒得早，就不怕来得晚。

为什么那么多人把圆滑世故当成情商高呢？圆滑世故应该是市侩、势利、功利的近义词，可别往情商上靠了。

以前觉得很多人说“找自己”，觉得太做作了太矫情了。现在越来越理解这句话的真谛，我们穷其一生，大多数人过的并不是自己想要的生活，或者想要的姗姗来迟，皆因我们不能早早领悟自己想要的是什么，爱的是什么，才荒废了太多岁月，南辕北辙，奔波流离，未可幸，不可得，郁郁而终。

谁在小声哼唱，谁在站台张望，谁在哭泣，谁把我的影子投在地上，谁按响了快门，谁匆匆离去，谁关上了橱窗，谁灭了灯，谁说此时就是永远，此地就是远方？

世上一大令人苦乐参半之事就是，当你意识到你将会一直怀念某一瞬间，而此刻正是这一瞬间。

什么后知后觉，反应迟钝，慢热，都只能在私底下说说，在外面说人家都认为你情商低。

很容易爱上一些人，也很容易忘记一些人。后来发现，爱上的都是同类人，忘记的本也形同陌路。爱上该爱上的，摒弃该摒弃的，不再小心翼翼，不用处心积虑，才活得明白，活得清亮，活得通透，活得坦荡。

我想，你若是空山，我就是行者；你若是山路，我便是斜阳；你若是山溪，我即为磐石。我所有的远走与高飞，跌宕与起伏，都是为与你相遇。

和土壤有什么关系呢？总要开花的，肥沃的土壤就开繁盛的花，贫瘠的土壤就开傲骨的花。所有的花都一样的，都一样的美丽和自信；所有的花又都不是一样的，有的艳俗，有的妖娆，有的张扬，有的清绝。

我希望，我就是秋天的样子，卸下伪装，却依然明亮。只要一想起你，就掉下几片叶子，有的落在脚边，有的贴在心上。

当一个人缅怀过去的时代时，说明对当下的时代不满意；当一个人缅怀过往的岁月时，说明现在过得不好。

年纪越大，越发现人的审美千差万别，也越来越能接受和尊重别人的审美情趣。

要懂得，总会有人是你的例外，唯有自己才是自己的主角。执拗的是心，流浪的是身。

虽然明白这世界大部分忙碌是毫无意义的，但越清醒的认识越是烦恼。芸芸众生，谁不是靠嬉笑来虚度，聚散得慷慨，辗转却去不到对的站台。

那时候，我们互相欣赏，不带一丝敌意，没有猜疑，像一朵花看着另一朵花的盛放，像一条路延伸到天边正好可以观看夕阳。再好的日子都会一去不复返吧，任何的形同陌路都有迹可循，但我们再也没有精力去回首，去思考，甚至连怀念这个词都变得苍白无力。我们习惯遗忘，精于己私，愈发活得像个大人的模样。

那种夏天来临前的喜悦，和现在秋天即将到来时的忧伤，似乎是一样的，都带着些微妙的小情绪，像一只掉了把手的杯子重新装满了水，像一片云经过另一片云，像凌晨的钟声，既清晰又刺耳。你懂我此刻的心情吗？我想，你会懂的。

能说会道者的确容易占得先机，也容易获取一些东西。但每个人要认清事实，知道自己的优势和软肋，找准自己的定位，寡言者未必没有机会。

焦虑是因为想要的太多，又无能为力。

不要妄图让人倾其所有，越认清真相的人越活给自己。

你要的自信都得自己去挣，别人给的那叫虚荣，你得花百倍的努力还回去。

那些看上去高冷、矫情、不易接近的人，真正接触以后会发现其实很简单很温暖，正是因为内心敏感、脆弱才给自己设了一道无形的屏障。

无论你忙得如何脚不沾地，双手抖得抓不住东西，仍然会有人觉得你无所事事。唯有自己懂得每一处成长都来自于磨砺，又何惧不会迎来意外的收获。生活就是这样，真正的强者不会因为某件事而壮烈死去，而会因为某件事兴高采烈、认真地活着。每个人的一生，即便没有行走高原大漠，但内心一定要海阔天空。

有些人就是太寂寞了，顺手撩一下，千万别误会那是爱情。

有个人给我私信：人应该像大海那样，彼此相容，才能成为波澜壮阔。我不要像大海一样，不要波澜壮阔，我就要彼此相拥，像两条溪水交汇。

每一个人都要为自己的事变成谈判高手，每一个人都要为自己的所爱放手一搏。

一直觉得能做梦的人是幸运的，无论是美梦、春梦还是噩梦。现实如此苦涩凉薄，在梦里可以肆意精彩一番，甚至由得自己篡改发挥。

如果你都嫌弃自己，你有什么资格要求别人跟你一样呢？

要相信所有的成功都有脉络可循，要知道自己的局限在哪里，要学会与自己和解，和他人尴尬地聊天，要爬高一点再回头，要走远一点再回忆。

请相信这世界有恶毒，有妒忌，有猜疑，有毫无来由的恶意；也请相信这世界有温暖，有包容，有相信，有素昧平生的善意。